U0523788

天喜文化

端午节，我们那里的孩子兴挂"鸭蛋络子"。……它是孩子心爱的饰物。鸭蛋络子挂了多半天，什么时候孩子一高兴，就把络子里的鸭蛋掏出来，吃了。

爆炒米花者把人家托他爆的米放进铁球里，密封起来，把铁球架在炭炉上；然后坐在小凳上了，右手扯风箱，左手握住铁球的柄，把它摇动，使铁球在炭炉上不绝地旋转……

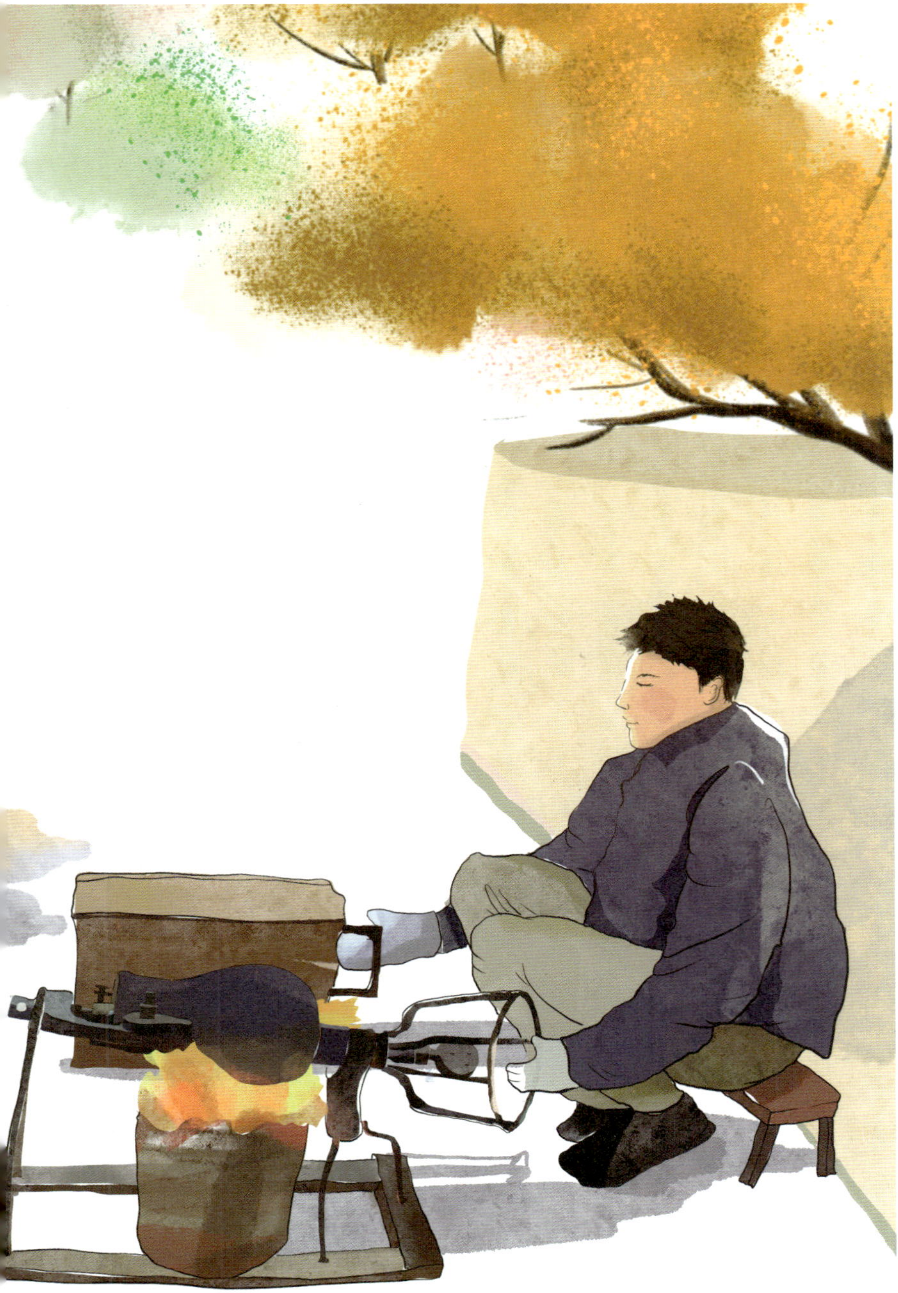

阿吉阿满一从学校里回来就用了带子逗它玩，或是捉迷藏似的在庭间追赶它。我也常于初秋的夕阳中坐在檐下对了这跳掷着的小动物作种种的遐想。

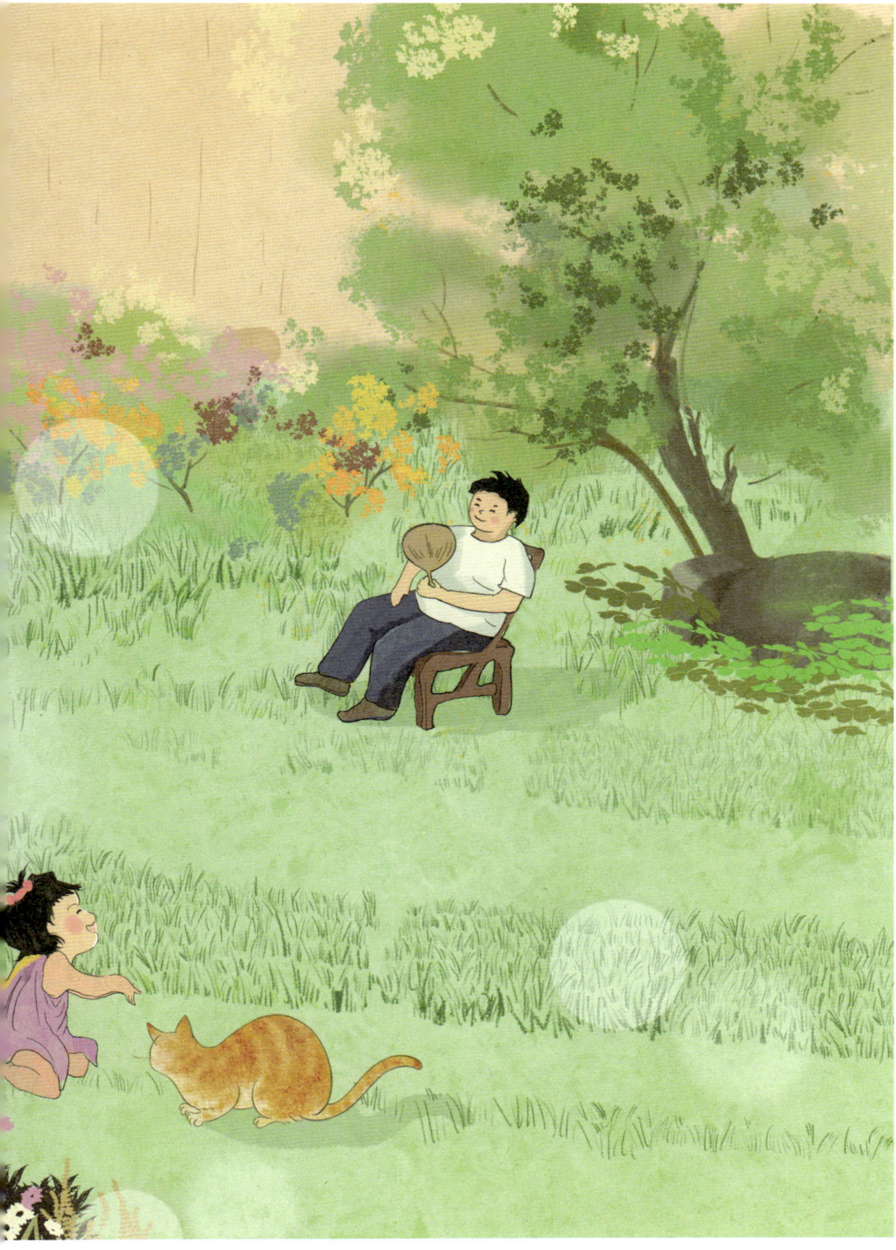

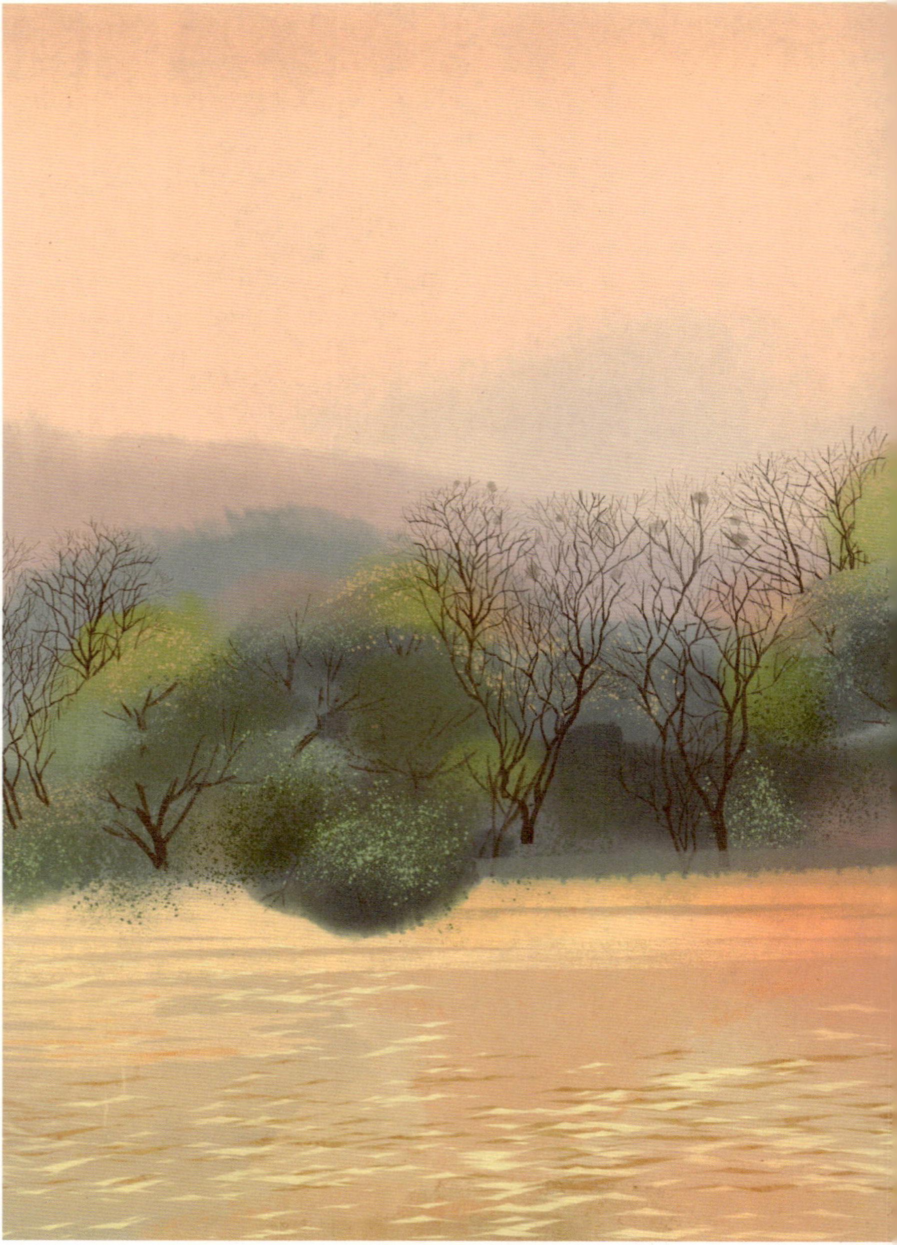

秋光中的西湖，是那样冷静，幽默，湖上的青山，如同深纽的玉色，桂花的残香，充溢于清晨的气流中。

我只把养花当作生活中的一种乐趣，花开得大小好坏都不计较，只要开花，我就高兴。在我的小院中，到夏天，满是花草，小猫儿们只好上房去玩耍……

人间快活事

汪曾祺 等著

天地出版社 | TIANDI PRESS

目录

第一章 尝一口人间好味

爆炒米花　　　　　　丰子恺 / 003

食味杂记　　　　　　鲁　彦 / 007

杨　梅　　　　　　　鲁　彦 / 012

落花生　　　　　　　老　舍 / 017

端午的鸭蛋　　　　　汪曾祺 / 020

咬菜根　　　　　　　朱　湘 / 024

谈　吃　　　　　　　夏丏尊 / 026

第二章　家有猫猫狗狗

猫　　　　　　　　　夏丏尊 / 033

爱　猫　　　　　　　周瘦鹃 / 041

猫　　　　　　　　　老　舍 / 046

父亲的玳瑁　　　　　鲁　彦 / 050

猫　　　　　　　　　汪曾祺 / 059

阿　咪　　　　　　　丰子恺 / 062

狗之晨　　　　　　　老　舍 / 066

小黑狗　　　　　　　萧　红 / 074

第三章　快乐杂货铺

钓　鱼　　　　　　鲁　彦 / 081

小麻雀　　　　　　老　舍 / 093

踢毽子　　　　　　汪曾祺 / 096

五猖会　　　　　　鲁　迅 / 100

放　猖　　　　　　废　名 / 105

打弹子　　　　　　朱　湘 / 108

捅马蜂窝　　　　　冯骥才 / 113

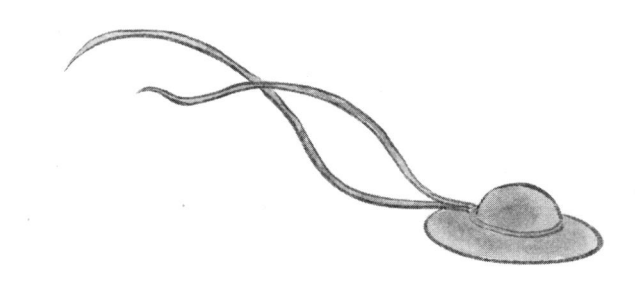

第四章　到日光下走走

一片阳光	林徽因	/ 119
秋光中的西湖	庐　隐	/ 125
梅雨潭	朱自清	/ 135
五月的青岛	老　舍	/ 138
西溪的晴雨	郁达夫	/ 141
翠湖心影	汪曾祺	/ 144
翡冷翠山居闲话	徐志摩	/ 151
云南看云	沈从文	/ 155

第五章　等一朵花开

养　花	老　舍 / 163
春来忆广州	老　舍 / 165
昆明的花	汪曾祺 / 168
花　潮	李广田 / 174
看　花	朱自清 / 180
快阁的紫藤花	徐蔚南 / 185
蛛丝和梅花	林徽因 / 189
秋菊有佳色	周瘦鹃 / 194

第六章　这也是生活

"无事此静坐"	汪曾祺 / 203
窗子以外	林徽因 / 206
途　中	梁遇春 / 216
旅人的心	鲁　彦 / 225
生　活	李广田 / 233
"这也是生活"……	鲁　迅 / 241

第一章

尝一口人间好味

爆炒米花

丰子恺

楼窗外面"砰"的一响,好像放炮,又好像轮胎爆裂。推窗一望,原来是"爆炒米花"。

这东西我小时候似乎不曾见过,不知是什么时候开始有的。这个名称我也不敢确定,因为那人的叫声中音乐的成分太多,字眼听不清楚。问问别人,都说"爆炒米花吧"。然而爆而又炒,语法欠佳,恐非正确。但这姑且不论,总之,这是用高热度把米粒放大的一种工作。这工作的工具是一个有柄的铁球,一只炭炉,一只风箱,一只麻袋和一张小凳。爆炒米花者把人家托他爆的米放进铁球里,密封起来,把铁球架在炭炉上;然后坐在小凳上了,右手扯风箱,左手握住铁球的柄,把它摇动,使铁球在炭炉上不绝地旋转。旋到相当的时候,他把铁球从炭炉上卸下,放进麻袋里,然后启封,——这时候发出"砰"的一响,同时米粒从铁球中迸出,落在麻袋里,颗颗同黄豆一般大了!爆炒米花者就拿起麻袋来,把这些米花倒在请托者拿来的篮子里,然后向他收取若干报酬。请托者大都笑嘻嘻地看看篮子里黄豆一般大的米花,带着孩子,拿着篮子回去了。这原是孩子们的闲食,是一种又滋养、又卫生、又经济的闲食。

我家的劳动大姐主张不用米粒,而用年糕来托他爆。把水磨年糕切成小拇指大的片子放在太阳里晒干,然后拿去托他爆。爆出来的真好看:小拇指大的年糕片,都变得同十支香烟簏子一般大了!爆的时候加入些糖,吃起来略带甜味,不但孩子们爱吃,大人们也都喜欢,因为它质地很松,容易消化,多吃些也不会伤胃。"空隆空隆"地嚼了好久,而实际上吃下去的不过小拇指大的一片年糕。

我吃的时候曾经作如是想:倘使不爆,要人吃小拇指大的几片硬年糕,恐怕不见得大家都要吃。因为硬年糕虽然营养丰富,但是质地太致密,不容易嚼碎,不容易消化。只有胃健的人,消化力强大的人,例如每餐"斗米十肉"的古代人,才能吃硬年糕;普通人大都是没有这胃口的吧。而同是这硬年糕,一经爆过,一经放松,普通人就也能吃,并且爱吃,即使是胃弱的人也消化得了。这一爆的作用就在于此。

想到这里,恍然若有所感,似乎觉得这东西象征着另一种东西。我回想起了三十年前,我初作《缘缘堂随笔》时的一件事。

《缘缘堂随笔》结集成册,在开明书店出版了。那时候我已经辞去教师和编辑之职,从上海迁回故乡石门湾,住在老屋后面的平屋里。我故乡有一位前辈先生，姓杨名梦江，是我父亲的好友，我两三岁的时候，父亲教我认他为义父，我们就变成了亲戚。我迁回故乡的时候，我父亲早已故世，但我常常同这位义父往来。他是前清秀才，诗书满腹。有一次，我把新出版的《缘缘堂随笔》送他一册，请他指教。过了几天他来看我，谈到了这册随笔，我敬求批评。他对那时正在提倡的白话文向来抱反对态度，我料他的批评一定是否定的。果然，他起初就局部略微称赞几句，后来的结论说："不过，这种文章，教我们做起来，每篇只要二十八个字——一首七绝；或者二十个字——一首五绝。"

我初听到这话，未能信受。继而一想，觉得大有道理！古人作文，的确言简意繁，辞约义丰，不像我们的白话文那么噜里噜苏。回想古人的七绝和五绝，的确每首都可以作为一篇随笔的题材。例如最周知的唐诗："去年今日此门中，人面桃花相映红。人面不知何处去，桃花依旧笑春风。""少小离家老大回，乡音无改鬓毛衰。儿童相见不相识，笑问客从何处来？"这两个题材，倘使教我来表达，我得写每篇两三千字的两篇抒情随笔。"昨日入城市，归来泪满巾。遍身罗绮者，不是养蚕人。""长安买花者，一枝值万钱。道旁有饥人，一钱不肯捐。"[①] 这两个题材，倘教我来表达，我也许要写成——倘使我会写的话——两篇讽喻短篇小说呢！于是我佩

---

① 这首诗应是指明代诗人宗臣的《卖花曲》，原文为："长安买花者，数株十万钱。道傍有饥者，一钱不相捐。"——编者注

服这位老前辈的话，表示衷心地接受批评。

三十年前这位老前辈对我说的话，我一直保存在心中，不料今天同窗外的"爆炒米花"相结合了，我想：原来我的随笔都好比是爆过、放松过的年糕！

原载于1980年南京师范学院《文教资料简报》总第105、106期

食味杂记

鲁彦

如其他的宁波人一般,我们家里每当十一二月间也要做一石左右米的点心,磨几斗糯米的汤果。所谓点心,就是有些地方的年糕,不过在我们那里还包括着形式略异的薄饼厚饼、元宝,等等。汤果则和汤团(有些地方叫做元宵团)完全是一类的东西,所差的是汤果只如钮子那样大小而且没有馅子。点心和汤果做成后,我们几乎天天要煮着当饭吃。我们一家人都非常的喜欢这两种东西,正如其他的宁波人一般。

母亲姐姐妹妹和我都喜欢吃咸的东西。我们总是用菜煮点心和汤果。但父亲的口味恰和我们的相反,他喜欢吃甜的东西。我们每年盼望父亲回家过年,只是要煮点心和汤果吃时,父亲若在家里便有点为难了。父亲吃咸的东西正如我们吃甜的东西一般,一样的咽不下去。我们两方面都难以迁就。母亲是最要省钱的,到了这时也只有甜的和咸的各煮一锅。照普遍的宁波人的俗例,正月初一必须吃一天甜汤果,因此欢天喜地的元旦在我们是一个磨难的日子,我们常常私自谈起,都有点怪祖宗不该创下这种规例。腻滑滑的甜汤果,我们勉强而又勉强的还吃不下一碗,父亲却能吃三四碗。我们对于父亲的嗜好都觉得奇怪、神秘。"甜的东西是没有一点味的。"我每每对父亲说。

二十几年来,我不仅不喜欢吃甜的东西,而且看见甜的(糖却是例外)还害怕,而至于厌憎。去年珊妹给我的信中有一句"蜜饯一般甜的……"竟忽然引起了我的趣味,觉得甜的滋味中还有令人魂飞的诗意,不能不去探索一下。因此遇到甜的东西,每每捐除了成见,带着几分好奇心情去尝试。直到现在,我的舌头仿佛和以前不同了。它并不觉得甜的没有味,在甜的和咸的东西在面前时,它都要吃一点。"甜的东西是没有一点味的",这句话我现在不说了。

从前在家里,梅还没有成熟的时候,母亲是不许我去买来吃的,因为太酸了。但明买不能,偷买却还做得到。我非常爱吃酸的东西,我觉得梅熟了反而没有味,梅的美味即在未成熟的时候。故乡的杨梅甜中带酸,在果类中算最美味的,我每每吃得牙齿不能吃饭。大概就是因为吃酸的果品吃惯了,近几年来在吃饭的时候,总是想把任何菜浸在醋中吃。有一年在南京,几乎每餐要一二碗醋,不仅浸菜吃,竟喝着下饭了。朋友们都有点惊骇,他们觉得这是一种古怪的嗜好,仿佛背后有神的力一般。但这在我是再平常也没有的事情了。醋是一种美味的东西,绝不是使人害怕的东西，在我觉得。

　　许多人以为浙江人都不会吃辣椒，这却不对。据我所知，三江一带的地方，出辣椒的很多，会吃辣椒的人也很多。至于宁波，确是不大容易得到辣椒，宁波人除了少数在外地久住的人外，差不多都不会吃辣椒。辣椒在我们那边的乡间只是一种玩赏品。人家多把它种在小小的花盆里，和鸡冠花、满堂红之类排列在一处，欣赏辣椒由青色变成红色。那里的种类很少，大一点的非常不易得到，普通多是一种圆形的像钮子般大小的所谓钮子辣茄（宁波人喊辣椒为辣茄），但这一种也还并不多见。我年幼时不晓得辣椒是可以吃的东西，只晓得它很辣，除了玩赏之外还可以欺侮新娘子或新女婿。谁家的花轿进了门，常常便有许多孩子拿了羊尾巴或辣椒伸手到轿内去，往新娘子的嘴上抹。新女婿第一次到岳家时，年轻的男女常常串通了厨子，暗地里在他的饭内拌一点辣椒，看他辣得皱上眉毛，张着口，胥胥的响着，大家就哄然笑了起来。我自在北方吃惯了辣椒，去年回到家里要买一点吃吃便感到非常的苦恼。好容易从城里买了一篮（据说城里有辣椒出卖还是最近几年的事），味道却如青菜一般一点也不辣。邻居听说我能吃辣椒，都当作一种新闻传说。平常一提到我，总要连带的提到辣椒。他们似乎把我当作一个外地人看待。他们看见我吃辣椒，便要发笑。我从他们眼光中发觉到他们的脑中存着"他是夷狄之邦的人"的意思。

　　南方人到北方来最怕的是北方人口中的大蒜臭。然而这臭在北方人却是一种极可爱的香气。

　　在南方人闻了要呕，在北方人闻了大概比仁丹还能提神。我以前在北京好几处看见有人在吃茶时从衣袋里摸出一包生大蒜头，也同别人一样的奇怪，一样的害怕。但后来吃了几次，觉得这味道实在比辣椒好得多，吃了大蒜以后还有一种后味和香气久久的留在口中。今年端午节吃粽子，甚至用它拌着吃了。"大蒜是臭的"这句话，从此离开了我的嘴巴。

　　宁波人腌菜和湖南人不同。湖南人多是把菜晒干了切碎，装入坛里，用草和篾片塞住了坛口，把坛倒竖在一口盛少许清水的小缸里。这样，空气不易进去，坛中的菜放一年两年也不易腐败，只要你常常调换小缸里的清水。宁波人腌菜多是把菜洗净，塞入坛内，撒上盐，倒入水，让它浸着。这样做法，在一礼拜至两月中咸菜的味道确是极其鲜嫩，但日子久了，它就要慢慢的腐败，腐败得臭不堪闻，而至于坛中拥浮着无数的虫。然而宁波人到了这时不但不肯弃掉，反而比才腌的更喜欢吃了。有许多乡下人家的陈咸菜一直吃到新咸菜可吃时还有。这原因除了节钱之外，还有一个原因是为的越臭越好吃。还有一种为宁波人所最喜欢吃的是所谓"臭苋菜股"。这是用苋菜的干腌菜似的做成的。它的腐败比咸菜容易，其臭气也比咸菜来得厉害。他们常常把这种已臭的汤倒一点到未臭的咸菜里去，使这未臭的咸菜也赶快的臭起来。有时煮什么菜，他们也加上一两碗臭汤。有的人闻到了邻居的臭汤气，心里就非常的神往；若是在谁家讨得了一碗，便千谢万谢，如得到了宝贝一般。我在北方住久了，不常吃鱼，去年回到家里一闻到鱼的腥气就要呕吐，唯几年没有吃臭咸菜和臭苋菜股，见了却还一如从前那么的喜欢。在我觉得这种臭气中分明有比芝兰还香的气息，有比肥肉鲜鱼还美的味道。然而和外省人谈话中偶尔提及，他们就要掩鼻而走了，仿佛这臭食物不是人类所该吃的一般。

原载于1925年8月10日《东方杂志》第22卷第15期

杨 梅

鲁彦

过完了长期的蛰伏生活,眼看着新黄嫩绿的春天爬上了枯枝,正欣喜着想跑到大自然的怀中,发泄胸中的郁抑,却忽然病了。

唉,忽然病了。

我这粗壮的躯壳,不知道经过了多少炎夏和严冬,被轮船和火车抛掷过多少次海角与天涯,尝受过多少辛劳与艰苦,从来不知道战栗或疲倦的呵,现在却呆木地躺在床上,不能随意的转侧了。

尤其是这躯壳内的这一颗心。它历年可是铁一样的。对着眼前的艰苦,它不会畏缩;对着未来的憧憬,它不肯绝望;对着过去的痛苦,它不愿回忆的呵,然而现在,它却尽管凄凉地往复的想了。

唉,唉,可悲呵,这病着的躯壳的病着的心。

尤其是对着这细雨连绵的春天。

这雨,落在西北,可不全像江南的故乡的雨吗?细细的,丝一样，若断若续的。

故乡的雨，故乡的天，故乡的山河和田野……还有那蔚蓝中衬着整齐的金黄的菜花的春天，藤黄的稻穗带着可爱的气息的夏天，蟋蟀和纺织娘们在濡湿的草中唱着诗的秋天，小船吱吱地触着沉默的薄冰的冬天……还有那熟识的道路，还有那亲密的故居……

不，不，我不想这些，我现在不能回去，而且是病着，我得让我的心平静，恢复我过去的铁一般的坚硬，告诉自己：这雨是落在西北，不是故乡的雨——而且不像春天的雨，却像夏天的雨。

不要那样想吧，我的可怜的心呵，我的头正像夏天的烈日下的汽油缸，将要炸裂了，我的嘴唇正干燥得将要迸出火花来了呢。让这夏天的雨来压下我头部的炎热，让……让……

唉，唉，就说是故乡的杨梅吧……它正是在类似这样的雨天成熟的呵。

故乡的食物，我没有比这更喜欢的了。倘若我爱故乡，不如就说我完全是爱的这叫做杨梅的果子吧。

呵，相思的杨梅！它有着多么惊异的形状，多么可爱的颜色，多么甜美的滋味呀。

它是圆的，和大的龙眼一样大小，远看并不稀奇，拿到手里，原来它是满身生着刺的哩。这并非是它的壳，这就是它的肉。不知道的人，一定以为这满身生着刺的果子是不能进口的了，否则也须用什么刀子削去那刺的尖端的吧？然而这是过虑。它原来是希望人家爱它吃它的。只要等它渐渐长熟，它的刺也渐渐软了，平了。那时放到嘴里,软滑之外还带着什么感觉呢?没有人能想得到,它还保存着它的特点,每一根刺平滑地在舌尖上触了过去,细腻柔软而且亲切——这好比最甜蜜的吻,使人迷醉呵。

颜色更可爱呢。它最先是淡红的,像娇嫩的婴儿的面颊,随后变成了深红,像是处女的害羞,最后黑红了——不,我们说它是黑的。然而它并不是黑,也不是黑红,原来是红的。太红了,所以像是黑。轻轻地啄开它,我们就看见了那新鲜红嫩的内部,同时我们已染上了一嘴的红水。说它新鲜红嫩,有的人也许以为一定像贵妃的肉色似的荔枝吧?嗳,那就错了。荔枝的光色是呆板的,像玻璃,像鱼目;杨梅的光色却是生动的,像映着朝霞的露水呢。

滋味吗?没有十分成熟是酸带甜,成熟了便单是甜。这甜味可绝不使人讨厌,不但爱吃甜味的人尝了一下舍不得丢掉,就连不爱吃甜味的人也会完全给它吸引住,越吃越爱吃。它是甜的,然而又依然是酸的,而这酸味,我们须待吃饱了杨梅以后,再吃别的东西的时候,才能领会得到。那时我们才知道自己的牙齿酸了,软了,连豆腐也咬不下了,于是我们才恍然悟到刚才吃多了酸的杨梅。我们知道这个,然而我们仍然爱它,我们仍须吃一个大饱。它真是世上最迷人的东西。

唉,唉,故乡的杨梅呵。

细雨如丝的时节,人家把它一船一船的载来,一担一担的挑来,我们一篮一篮的买了进来,挂一篮在檐口下,放一篮在水缸盖上,倒上一脸盆,用冷水一洗,一颗一颗的放进嘴里,一面还没有吃了,一面又早已从脸盆里拿起了一颗,一口气吃了一二十颗,有时来不及把它的核一一吐出来,便一直吞进了肚里。

"生了虫呢……蛇吃过了呢……"母亲看见我们吃得快,吃得多,便这样的说了起来,要我们仔细的看一看,多多的洗一番。

但我们并不管这些,它成了我们的生命,我们越吃越快了。

"好吃,好吃。"我们心里这样想着,嘴里却没有余暇说话。待肚子胀上加胀,胀上加胀,眼看着一脸盆的杨梅吃得一颗也不留,这才呆笨地挺着肚子,走了开去,叹气似的嘘出一声"咳"来……

唉,可爱的故乡的杨梅呵。

一年,二年……我已有十六七年不曾尝到它的滋味了。偶尔回到故乡,不是在严寒的冬天,便是在酷热的夏天,或者杨梅还未成熟,或者杨梅已经落完了。这中间,曾经有两次,在异地见到过杨梅,比故乡的小,比故乡的酸,颜色又不及故乡的红。我想回味过去,把它买了许多来。

"长在树上,有虫爬过,有蛇吃过呢……"

我现在成了大人,有了知识,爱惜自己的生命甚于杨梅了。

我用沸滚的开水去细细的洗杨梅,觉得还不够消除那上面的微菌似的。

于是它不但更不像故乡的,简直不是杨梅了。我只尝了一二颗,便不再吃下去。

最后一次我终于在离故乡不远的地方见到了可爱的故乡的杨梅。

然而又因为我成了大人,有了知识,爱惜自己的生命甚于杨梅,偶然发现一条小虫,也就拒绝了回味的欢愉。

现在我的味觉也显然改变了,即使回到故乡,遇到细雨如丝的杨梅时节,即使并不害怕从前的那种吃法,我的舌头应该感觉不出从前的那种美味了,我的牙齿应该不能像从前似的能够容忍那酸性了。

唉,故乡离开我愈远了。

我们中间横着许多鸿沟。那不是千万里的山河的阻隔,那是……

唉,唉,我到底病了。我为什么要想到这些呢?

看呵,这眼前的如丝的细雨,不是若断若续的落在西北的春天里吗?

选自《鲁彦散文集》,开明书店 1947 年 6 月

落花生

老舍

我是个谦卑的人。但是，口袋里装上四个铜板的落花生，一边走一边吃，我开始觉得比秦始皇还骄傲。假若有人问我："你要是作了皇上，你怎么享受呢？"简直的不必思索，我就答得出："派四个大臣拿着两块钱的铜子，爱买多少花生吃就买多少！"

什么东西都有个幸与不幸。不知道为什么瓜子比花生的名气大。你说，凭良心说，瓜子有什么吃头？它夹你的舌头，塞你的牙，激起你的怒气——因为一咬就碎；就是幸而没碎，也不过是那么小小的一片，不解饿，没味道，劳民伤财，布尔乔亚[①]！你看落花生：大大方方的，浅白麻子，细腰，曲线美。这还只是看外貌。弄开看：一胎儿两个或者三个粉红的胖小子。脱去粉红的衫儿，象牙色的豆瓣一对对的抱着，上边儿还结着吻。那个光滑，那个水灵，那

[①] 布尔乔亚：英文"bourgeoisie"，指资产阶级。——编者注

个香喷喷的，碰到牙上那个干松酥软！白嘴吃也好，就酒喝也好，放在舌上当槟榔含着也好。写文章的时候，三四个花生可以代替一支香烟，而且有益无损。

种类还多呢：大花生，小花生，大花生米，小花生米，糖饯的，炒的，煮的，炸的，各有各的风味，而都好吃。下雨阴天，煮上些小花生，放点盐；来四两玫瑰露；够作好几首诗的。瓜子可给诗的灵感？冬夜，早早的躺在被窝里，看着《水浒》，枕旁放着些花生米；花生米的香味，在舌上，在鼻尖；被窝里的暖气，武松打虎……这便是天国！冬天在路上，刮着冷风，或下着雪，袋里有些花生使你心中有了主儿；掏出一个来，剥了，慌忙往口中送，闭着嘴嚼，风或雪立刻不那么厉害了。况且，一个二十岁以上的人肯神仙似的，无忧无虑的，随随便便的，在街上一边走一边吃花生，这个人将来要是作了宰相或度支部尚书，他是不会有官僚气与贪财的。他若是作了皇上，必是朴俭温和直爽天真的一位皇上，没错。吃瓜子的照例不在街上走着吃，所以我不给他保这个险。

至于家中要是有小孩儿，花生简直比什么也重要，不但可以吃，而且能拿它们玩。夹在耳唇上当环子，几个小姑娘就能办很大的一回喜事。小男孩若找不着玻璃球儿，花生也可以当弹儿。玩法还多着呢。玩了之后，剥开再吃，也还不脏。两个大子儿的花生可以玩半天；给他们些瓜子试试。

论样子，论味道，栗子其实满有势派儿，可是它没有落花生那点家常的"自己"劲儿。栗子跟人没有交情，仿佛是。核桃也不行，榛子就更显着疏远。落花生在哪里都有人缘，自天子以至庶人都跟它是朋友，这不容易。

在英国，花生叫作"猴豆"——Monkey nuts。人们到动物园去才带上一包，去喂猴子。花生在这个国里真不算很光荣，可是我亲眼看见去喂猴子的人——小孩就更不用提了——偷偷的也往自己口中送这猴豆。花生和苹果好像一样的有点魔力，假如你知道苹果的典故；我这儿确是用着典故。

美国吃花生的不限于猴子。我记得有位美国姑娘，在到中国来的时候，把几只皮箱的空处都填满了花生，大概凑起来总够十来斤吧，怕是到中国吃不着这种宝物。美国姑娘都这样重看花生，可见它确是有价值；按照哥伦比亚的哲学博士的辩证法看，这当然没有误儿。

花生大概还跟婚礼有点关系，一时我可想不起来是怎么个办法了；不是新娘子在轿里吃花生，不是；反正是什么什么春吧——你可晓得这个典故？其实花轿里真放上一包花生米，新娘子未必不一边落泪一边嚼着。

原载于 1935 年 1 月 20 日《漫画生活》第 5 期

端午的鸭蛋[1]

汪曾祺

家乡的端午,很多风俗和外地一样。系百索子。五色的丝线拧成小绳,系在手腕上。丝线是掉色的,洗脸时沾了水,手腕上就印得红一道绿一道的。做香角子。丝线缠成小粽子,里头装了香面,一个一个串起来,挂在帐钩上。贴五毒。红纸剪成五毒,贴在门坎上。贴符。这符是城隍庙送来的。城隍庙的老道士还是我的寄名干爹,他每年端午节前就派小道士送符来,还有两把小纸扇。符送来了,就贴在堂屋的门楣上。一尺来长的黄色、蓝色的纸条,上面用朱笔画些莫名其妙的道道,这就能辟邪么?喝雄黄酒。用酒和的雄黄在孩子的额头上画一个"王"字,这是很多地方都有的。有一个风俗不知别处有不:放黄烟子。黄烟子是大小如北方的麻雷子的炮仗,只是里面灌的不是硝药,而是雄黄。点着后不响,

---

[1] 本文节选自《故乡的食物》一文。——编者注

只是冒出一股黄烟，能冒好一会。把点着的黄烟子丢在橱柜下面，说是可以熏五毒。小孩子点了黄烟子，常把它的一头抵在板壁上写虎字。写黄烟虎字笔画不能断，所以我们那里的孩子都会写草书的"一笔虎"。还有一个风俗，是端午节的午饭要吃"十二红"，就是十二道红颜色的菜。十二红里我只记得有炒红苋菜、油爆虾、咸鸭蛋，其余的都记不清，数不出了。也许十二红只是一个名目，不一定真凑足十二样。不过午饭的菜都是红的，这一点是我没有记错的，而且，苋菜、虾、鸭蛋，一定是有的。这三样，在我的家乡，都不贵，多数人家是吃得起的。

我的家乡是水乡。出鸭。高邮大麻鸭是著名的鸭种。鸭多，鸭蛋也多。高邮人也善于腌鸭蛋。高邮咸鸭蛋于是出了名。我在苏南、浙江，每逢有人问起我的籍贯，回答之后，对方就会肃然起敬："哦！你们那里出咸鸭蛋！"上海的卖腌腊的店铺里也卖咸鸭蛋，必用纸条特别标明："高邮咸蛋"。高邮还出双黄鸭蛋。别处鸭蛋也偶有双黄的，但不如高邮的多，可以成批输出。双黄鸭蛋味道其实无特别处。还不就是个鸭蛋！只是切开之后，里面圆圆的两个黄，使人惊奇不已。我对异乡人称道高邮鸭蛋，是不大高兴的，好像我们那穷地方就出鸭蛋似的！不过高邮的咸鸭蛋，确实是好，我走的地方不少，所食鸭蛋多矣，但和我家乡的完全不能相比！曾经沧海难为水，他乡咸鸭蛋，我实在瞧不上。袁枚的《随园食单·小菜单》有"腌蛋"一条。袁子才这个人我不喜欢，他的《食单》好些菜的做法是听来的，他自己并不会做菜。但是

"腌蛋"这一条我看后却觉得很亲切,而且"与有荣焉"。文不长,录如下:

  腌蛋以高邮为佳,颜色细而油多[①]。高文端公最喜食之。席间,先夹取以敬客,放盘中。总宜切开带壳,黄白兼用;不可存黄去白,使味不全,油亦走散。

  高邮咸蛋的特点是质细而油多。蛋白柔嫩,不似别处的发干、发粉,入口如嚼石灰。油多尤为别处所不及。鸭蛋的吃法,如袁子才所说,带壳切开,是一种,那是席间待客的办法。平常食用,一般都是敲破"空头"用筷子挖着吃。筷子头一扎下去,吱——红油就冒出来了。高邮咸蛋的黄是通红的。苏北有一道名菜,叫做"朱砂豆腐",就是用高邮鸭蛋黄炒的豆腐。我在北京吃的咸鸭蛋,蛋黄是浅黄色的,这叫什么咸鸭蛋呢!

  端午节,我们那里的孩子兴挂"鸭蛋络子"。头一天,就由姑姑或姐姐用彩色丝线打好了络子。端午一早,鸭蛋煮熟了,由孩子自己去挑一个,鸭蛋有什么可挑的呢?有!一要挑淡青壳的。鸭蛋壳有白的和淡青的两种。二要挑形状好看的。别说鸭蛋都是一样的,细看却不同。有的样子蠢,有的秀气。挑好了,装在络

[①] 据袁枚《随园食单》清乾隆五十七年(1792)小仓山房刊本,此句为"颜色红而油多"。——编者注

子里，挂在大襟的纽扣上。这有什么好看呢？然而它是孩子心爱的饰物。鸭蛋络子挂了多半天，什么时候孩子一高兴，就把络子里的鸭蛋掏出来，吃了。端午的鸭蛋，新腌不久，只有一点淡淡的咸味，白嘴吃也可以。

孩子吃鸭蛋是很小心的。除了敲去空头，不把蛋壳碰破。蛋黄蛋白吃光了，用清水把鸭蛋壳里面洗净，晚上捉了萤火虫来，装在蛋壳里，空头的地方糊一层薄罗。萤火虫在鸭蛋壳里一闪一闪地亮，好看极了！

小时读囊萤映雪故事，觉得东晋的车胤用练囊盛了几十只萤火虫，照了读书，还不如用鸭蛋壳来装萤火虫。不过用萤火虫照亮来读书，而且一夜读到天亮，这能行么？车胤读的是手写的卷子，字大，若是读现在的新五号字，大概是不行的。

原载于1986年《雨花》第5期

咬菜根

朱湘

"咬得菜根,百事可作。"这句成语,便是我们祖先流传下来,教我们不要怕吃苦的意思。

还记得少年的时候,立志要作一个轰轰烈烈的英雄,当时不知在那本书内发见了这句格言,于是拿起案头的笔,将它恭楷抄出,粘在书桌右方的墙上,并且在胸中下了十二分的决心,在中饭时候,一定要牺牲别样的菜不吃,而专咬菜根。上桌之后,果然战退了肉丝焦炒香干的诱惑,致全力于青菜汤的碗里搜求菜根。找到之后,一面着力的咬,一面又在心中决定,将来做了英雄的时候,一定要叫老唐妈特别为我一人炒一大盘肉丝香干摆上得胜之筵。

萝卜当然也是一种菜根。有一个新鲜的早晨,在卖菜的吆喝声中,起身披衣出房,看见桌上放着一碗雪白的热气腾腾的粥,粥碗前是一盘腌菜,有长条的青黄色的豇豆,有灯笼形的通红的辣椒,还有萝卜,米白色而圆滑,有如一些煮熟了的鸡蛋。这与范文正的淡黄齑差得多远！我相信那个说"咬得菜根，百事可作"的老祖宗，要是看见了这样的一顿早饭，决定会摇他那白发之头的。

还有一种菜根，白薯。但是白薯并不难咬，我看我们的那班能吃苦的祖先，如果由奈河桥或是望乡台在过年过节的时候回家，我们决不可供些什么煮得木头般硬的鸡或是浑身有刺的鱼。因为他们老人家的牙齿都掉完了，一定领略不了我们这班后人的孝心，我们不如供上一盘最容易咬的食品：煮白薯。

如果咬菜根能算得艰苦卓绝，那我简直可以算得艰苦卓绝中最艰苦卓绝的人了。因为我不单能咬白薯，并且能咬这白薯的皮。给我一个刚出灶的烤白薯，我是百事可做的，甚至教我将那金子一般黄的肉通同让给你，我都做得到。唯独有一件事，我却不肯做，那就是把烤白薯的皮也让给你；它是全个烤白薯的精华，又香又脆，正如那张红皮，是全个红烧肘子的精华一样。

山药、慈姑，也是菜根。但是你如果拿它们来给我咬，我并不拒绝。

我并非一个主张素食的人，但是却不反对咬菜根。据西方的植物学者的调查，中国人吃的菜蔬有六百种，比他们多六倍。我宁可这六百种的菜根，种种都咬到，都不肯咬一咬那名扬四海的猪尾或是那摇来乞怜的狗尾，或是那长了疮脓血也不多的耗子尾巴。

选自《中书集》，生活书店 1934 年 10 月

谈　吃

夏丏尊

说起新年的行事,第一件在我脑中浮起的是吃。回忆幼时一到冬季,就日日盼望过年,等到过年将届,就乐不可支。因为过年的时候,有种种乐趣,第一是吃的东西多。

中国人是全世界善吃的民族。普通人家,客人一到,男主人即上街办吃场,女主人即入厨罗酒浆,客人则坐在客堂里口磕瓜子,耳听碗盏刀俎的声响,等候吃饭。吃完了饭,大事已毕。客人拨起步来说"叨扰",主人说"没有什么好待你",有的还要苦留:"吃了点心去""吃了夜饭去"。

遇到婚丧,庆吊只是虚文,果腹倒是实在。排场大的大吃七日五日,小的大吃三日一日。早饭,午饭,点心,夜饭,夜点心,吃了一顿又一顿,吃得来不亦乐乎,真是酒可为池,肉可成林。

过年了,轮流吃年饭,送食物。新年了,彼此拜来拜去,讲吃局。端午要吃,中秋要吃,生日要吃,朋友相会要吃,相别要吃。

只要取得出名词，就非吃不可，而且一吃就了事，此外不必别有什么。

小孩子于三顿饭以外，每日好几次地向母亲讨铜板，买食吃。普通学生最大的消费，不是学费，不是书籍费，乃是吃的用途。成人对于父母的孝敬，重要的就是奉甘旨。中馈自古占着女子教育上的主要部分。"食不厌精，脍不厌细""沽酒，市脯""割不正"，圣人不吃。梨子蒸得味道不好，贤人就可以出妻。家里的老婆如果弄得出好菜，就可以骄人。古来许多名士至于费尽苦心，别出心裁，考案出好几部特别的食谱来。

不但活着要吃，死了仍要吃。他民族的鬼，只要香花就满足了，而中国的鬼，仍依旧非吃不可。死后的饭碗，也和活时的同样重要，或者还更重要。普通人为了死后的所谓"血食"，不辞广蓄姬妾，预置良田。道学家为了死后的冷猪肉，不辞假仁假义，拘束一世。朱竹垞宁不吃冷猪肉，不肯从其诗集中删去《风怀二百韵》的艳诗，至今犹传为难得的美谈，足见冷猪肉牺牲不掉的人之多了。

不但人要吃，鬼要吃，神也要吃，甚至连没嘴巴的山川也要吃，天地也要吃。有的但吃猪头，有的要吃全猪，有的是专吃羊的，有的是专吃牛的，各有各的胃口，各有各的嗜好，古典中大都详有规定，一查就可知道。较之于他民族的对神只作礼拜，他民族的神，远是唯心，中国的神，远是唯物，似乎都是主张马克思学说的。

梅村的诗道:"十家三酒店",街市里最多的是食物铺。俗语说,"开门七件事",家庭中最麻烦的不是教育或是什么,乃是料理食物。学校里最难处置的不是程度如何提高,教授如何改进,乃是饭厅风潮。

俗语说得好,只有"两脚的爷娘不吃,四脚的眠床不吃"。中国人吃的范围之广,真可使他国人为之吃惊。中国人于世界普通的食物之外,还吃着他国人所不吃的珍馐:吃西瓜的实,吃鲨鱼的鳍,吃燕子的窠,吃狗,吃乌龟,吃蛇,吃狸猫,吃癞虾蟆,吃癞头鼋,吃小老鼠。有的或竟至吃到小孩的胞衣以及直接从人身上取得的东西。如果能够,怕连天上的月亮也要挖下来尝尝哩。

至于吃的方法,更是五花八门,有烤,有炖,有蒸,有卤,有炸,有烩,有熏,有醉,有炙,有熘,有炒,有拌,真真一言难尽。古来尽有许多做菜的名厨司,其名字都和名卿相一样煊赫地留在青史上。不,他们之中有的并升到高位,老老实实就是名卿相。如果中国有一件事可以向世界自豪的,那么这并不是历史之久,土地之大,人口之众,军队之多,战争之频繁,乃是善吃的一事。中国的肴菜,已征服了全世界了。有人说,中国人有三把刀为世界所不及,第一把就是厨刀。

不见到喜庆人家挂着的福禄寿三星图吗?福禄寿是中国民族生活上的理想。画上的排列是禄居中央,右是福,寿居左。禄也者,拆穿了说,就是吃的东西。老子也曾说过:"虚其心实其腹""圣人为腹不为目"。吃最要紧,其他可以不问。"嫖赌吃着"之中,普通人皆认吃最实惠。所谓"着威风,吃受用,赌对冲,嫖全空",什么都假,只有吃在肚里是真的。

吃的重要,更可于国人所用的言语上证之。在中国,吃字的意义特别复杂,什么都会带了"吃"字来说。被人欺负曰"吃亏",打巴掌曰"吃耳光",希求非分曰"想吃天鹅肉",诉讼曰"吃官司",中枪弹曰"吃卫生丸",此外还有什么"吃生活""吃排头",等等。相见的寒暄,他民族说"早安""午安""晚安",而中国人则说"吃了早饭没有?""吃了中饭没有?""吃了夜饭没有?"对于职业,普通也用吃字来表示,营什么职业就叫做吃什么饭。"吃赌饭""吃堂子饭""吃洋行饭""吃教书饭",诸如此类,不必说了。甚至对于应以信仰为本的宗教者,应以保卫国家为职志的军士,也都加吃字于上。在中国,教徒不称信者,叫做"吃天主教的""吃耶稣教的",从军的不称军人,叫做"吃粮的",最近还增加了什么"吃党饭""吃三民主义"的许多新名词。

衣食住行为生活四要素,人类原不能不吃。但吃字的意义如此复杂,吃的要求如此露骨,吃的方法如此麻烦,吃的范围如此广泛,好像除了吃以外就无别事也者,求之于全世界,这怕只有中国民族如此的了。

在中国,衣不妨污浊,居室不妨简陋,道路不妨泥泞,而独在吃上,却分毫不能马虎。衣食住行的四事之中,食的程度,远高于其余一切,很不调和。中国民族的文化,可以说是口的文化。

佛家说六道轮回，把众生分为天，人，修罗，畜生，地狱，饿鬼六道。如果我们相信这话，那么中国民族是否都从饿鬼道投胎而来，真是一个疑问。

原载于 1930 年 1 月《中学生》第 1 号

第二章
家有猫猫狗狗

猫

夏丏尊

白马湖新居落成，把家眷迁回故乡的后数日，妹就携了四岁的外甥女，由二十里外的夫家雇船来访。自从母亲死后，兄弟们各依了职业迁居外方，故居初则赁与别家，继则因兄弟间种种关系，不得不把先人有过辛苦历史的高大屋宇售让给附近的暴发户，于是兄弟们回故乡的机会就少，而妹也已有六七年无归宁的处所了。这次相见，彼此既快乐又酸辛。小孩之中竟有未曾见过姑母的，外甥女也当然不认得舅妗和表姊，虽经大人指导勉强称呼，总都是呆呆地相觑着。

新居在一个学校附近，背山临水，地位清静，只不过平屋四间。论其构造，连老屋的厨房还比不上，妹却极口表示满意：

"虽比不上老屋，总究是自己的房子，我家在本地已有许多年没有房子了！自从老屋卖去以后，我多少被人瞧不起！每次乘船行过老屋的面前，真是……"

妻见妹说时眼圈有点红了,就忙用话岔开:

"妹妹你看,我老了许多了罢?你却总是这样后生。"

"三姊倒不老!——人总是要老的,大家小孩都已这样大了,他们大起来,就是我们在老起来。我们已六七年不见了呢。"

"快弄饭去罢!"我听了她们的对话,恐再牵入悲境,故意打断话头,使妻走开。

妹自幼从我学会了酒,能略饮几杯。兄妹且饮且谈,嫂也在旁羼着。话题由此及彼,一直谈到饭后,还连续不断。每到妹和妻要谈到家事或婆媳小姑关系上去,我总立即设法打断,因为我是深知道妹在夫家的境遇的,很不愿在难得晤面的当初,就引起悲怀。

忽然,天花板上起了嘈杂的鼠声。

"新造的房子,老鼠就这样多了吗?"妹惊讶了问。

"大概是近山的缘故罢。据说房子未造好就有了老鼠的。晚上更厉害,今夜你听,好像在打仗哩,你们那里怎样?"妻说。

"还好,我家有猫。——快要产小猫了,将来可捉一只来。"

"猫也大有好坏,坏的猫老鼠不捕,反要偷食,到处撒屎,还是不养好。"我正在寻觅轻松的话题,就顺了势讲到猫上去。

"猫也和人一样,有种子好不好的。我那里的猫,是好种,不偷食,每朝把屎撒在盛灰的畚斗里。——你记得从前老四房里有一只好猫罢。我们那只猫,就是从老四房讨去的小猫。近来听说老四房里已断了种了,——每年生一胎,附近养蚕的人家都来千求万恳地讨,据说讨去都不淘气的。现在又快要生小猫了。"

老四房里的那只猫向来有名。最初的老猫，是曾祖在时，就有了的。不知是那里得来的种子，白地，小黄黑花斑，毛色很嫩，望去像上等的狐皮"金银嵌"。善捉鼠，性质却柔驯得了不得。当我小的时候，常去抱来玩弄，听它念肚里佛，挖看它的眼睛，不啻是一个小伴侣。后来我由外面回家，每走到老四房去，有时还看见这小伴侣——的子孙。曾也想讨只小猫到家里去养，终难得逢到恰好有小猫的机会，自迁居他乡，十年来久不忆及了。不料现在种子未绝，妹家现在所养的，不知已是最初老猫的几世孙了。家道中落以来，田产室庐大半荡尽，而曾祖时代的猫，尚间接地在妹家留着种子，这真是一种不可思议的缘，值得叫人无限感兴的了。

　　"哦！就是那只猫的种子！好的，将来就给我们一只。那只猫的种子是近地有名的。花纹还没有变吗？"

　　"你欢喜那一种？——大约一胎多则三只，少则两只，其中大概有一只是金银嵌的，有一二只是白中带黑斑的，每年都是如此。"

　　"那自然要金银嵌的啰。"我脑中不禁浮出孩时小伴侣的印象来，更联想到那如云的往事，为之茫然。

　　妻和妹之间，猫的谈话，仍被继续着，儿女中大些的张了眼听，最小的阿满，摇着妻的膝问："小猫几时会来？"我也靠在藤椅子上吸着烟默然听她们。

　　"小猫的时候，要教它会才好。如果撒屎在地板上了，就捉到撒屎的地方，当着它的屎打，到碗中偷食吃的时候，就把碗摆在它的前面打，这样打了几次，它就不敢乱撒屎多偷食了。"

妹的猫教育论，引得大家都笑了。

次晨，妹说即须回去，约定过几天再来久留几日，临走的时候还说：

"昨晚上老鼠真吵得厉害，下次来时，替你们把猫捉来罢。"

妹去后，全家多了一个猫的话题。最性急的自然是小孩，她们常问："姑妈几时来？"其实都是为猫而问，我虽每回答她们："自然会来的，性急什么？"而心里也对于那与我家一系有二十多年历史的猫，怀着追切的期待，巴不得妹——猫快来。

妹的第二次来，在一个月以后，带来的只是赠送小孩的果物和若干种的花草苗种，并没有猫。说前几天才出生，要一月后方可离母，此次生了三只，一只是金银嵌的，其余两只，是黑白花和狸斑花的，讨的人家很多，已替我们把金银嵌的留定了。

猫的被送来，已是妹第二次回去后半月光景的事，那时已过端午，我从学校回去，一进门，妻就和我说：

"妹妹今天差人把猫送来了，她有一封信在这里。说从回去以后就有些不适。大约是寒热，不要紧的。"

我从妻手里接了信草草一看，同时就向室中四望：

"猫呢？"

"她们在弄它。阿吉，阿满，你们把猫抱来给爸爸看！"

立刻，柔弱的"尼亚尼亚"声从房中听得阿满抱出猫来：

"会念佛的，一到就蹲在床下，妈说它是新娘子呢。"

我在女儿手中把小猫熟视着说：

"还小呢,别去捉它,放在地上,过几天会熟的。当心碰见狗!"

阿满将猫放下。猫把背一耸就跟跄地向房里遁去。接着就从房内发出柔弱的"尼亚尼亚"的叫声。

"去看看它躲在什么地方。"阿吉和阿满蹑了脚进房去。

"不要去捉它啊!"妻从后叮嘱她们。

猫确是金银嵌,虽然产毛未褪,黄白还未十分夺目,尽足依约地唤起从前老四房里小伴侣的印象。"尼亚尼亚"的叫声,和"咪咪"的呼唤声,在一家中起了新气氛,在我心中却成了一个联想过去的媒介,想到儿时的趣味,想到家况未中落时的光景。

与猫同来的,总以为不成问题的妹的病消息,一二日后竟由沉重而至于危笃,终于因恶性疟疾引起了流产,遗下未足月的女孩而弃去这世界了。

一家人参与丧事完毕从丧家回来,一进门就听到"尼亚尼亚"的猫声。

"这猫真不利,它是首先来报妹妹的死信的!"妻见了猫叹息着说。

猫正在檐前伸了小足爬搔着柱子,突然见我们来,就跟跄逃去,阿满赶到橱下把它捉来了,捧在手里:

"你还要逃,都是你不好!妈!快打!"

"畜生晓得什么?唉,真不利!"妻呆呆地望着猫这样说,忘记了自己的矛盾,倒弄得阿满把猫捧在手里瞪目茫然了。

"把它关在伙食间里,别放它出来!"我一壁说一壁懒懒地走入卧室睡去。我实在已怕看这猫了。

立时从伙食间里发出"尼亚尼亚"的悲鸣声和嘈杂的搔爬声来。努力想睡，总是睡不着。原想起来把猫重新放出，终于无心动弹，连向那就在房外的妻女叫一声"把猫放出"的心绪也没有，只让自己听着那连续的猫声，一味沉浸在悲哀里。

从此以后，这小小的猫，在全家成了一个联想死者的媒介，特别地在我，这猫所暗示的新的悲哀的创伤，是用了家道中落等类的怅惘包裹着的。

伤逝的悲怀，随着暑气一天一天地淡去，猫也一天一天地长大，从前被全家所诅咒的这不幸的猫，这时渐被全家宠爱珍惜起来了，当作了死者的纪念物。每餐给它吃鱼，归阿满饲它，晚上抱进房里，防恐被人偷了或是被野狗咬伤。

白玉也似的毛地上，黄黑斑错落得非常明显，当那蹲在草地上或跳掷在凤仙花丛里的时候，望去真是美丽。每当附近四邻或路过的人，见了称赞说"好猫！"的时候，妻脸上就现出一种莫可言说的矜夸，好像是养着一个好儿子或是好女儿。特别地是阿满：

"这是我家的猫，是姑母送来的，姑母死了，只剩了这只猫了！"她当有人来称赞猫的时候，不管那人陌生与不陌生，总会睁圆了眼起劲地对他说明这些。

猫做了一家的宠儿了，每餐食桌旁总有它的位置，偶然偷了食或是乱撒了屎，虽然依妹的教育法是要就地罚打的，妻也总看妹面上宽恕过去。阿吉阿满一从学校里回来就用了带子逗它玩，或是捉迷藏似的在庭间追赶它。我也常于初秋的夕阳中坐在檐下对了这跳掷着的小动物作种种的遐想。

那是快近中秋的一个晚上的事：湖上邻居的几位朋友，晚饭后散步到了我家里，大家在月下闲话，阿满和猫在草地上追逐着玩。客去后，我和妻搬进几椅正要关门就寝，妻照例记起猫来：

"咪咪！"

"咪咪！"阿吉、阿满也跟着唤。

可是却不听到猫的"尼亚尼亚"的回答。

"没有呢！哪里去了？阿满，不是你捉出来的吗？去寻来！"妻着急起来了。

"刚刚在天井里的。"阿满瞠了眼含糊地回答，一壁哭了起来。

"还哭！都是你不好！夜了还捉出来做什么呢？——咪咪，咪咪！"妻一壁责骂阿满一壁嘎了声再唤。

"咪咪，咪咪！"我也不禁附和着唤。

可是仍不听到猫的"尼亚尼亚"的回答。

叫小孩睡好了，重新找寻，室内室外，东邻西舍，到处分头都寻遍，哪有猫的影儿？连方才谈天的几位朋友都过来帮着在月光下寻觅，也终于不见形影。一直闹到十二点多钟。月亮已照屋角为止。

"夜深了，把窗门暂时开着，等它自己回来罢，——偷是没有人偷的，或者被狗咬死了，但又不听见它叫。也许不至于此，今夜且让它去罢。"

我宽慰着妻，关了大门，先入卧室去。在枕上还听到妻的"咪咪"的呼声。

猫终于不回来。从次日起，一家好像失了什么似的，都觉到说不出的寂寥。小孩从放学回来也不如平日的高兴，特别地在我，于妻女所感得的以外，顿然失却了沉思过去种种悲欢往事的媒介物，觉得寂寥更甚。

第三日傍晚，我因寂寥不过了，独自在屋后山边散步，忽然在山脚田坑中发见猫的尸体。全身粘着水泥，软软地倒在坑里，毛贴着肉，身躯细了好些，项有血迹，似确是被狗或野兽咬毙了的。

"猫在这里！"我不觉自叫了说。

"在哪里？"妻和女孩先后跑来，见了猫都呆呆地几乎一时说不出话。

"可怜！一定是野狗咬死的。阿满，都是你不好！前晚你不捉它出来，哪里会死呢？下世去要成冤家啊！——唉！妹妹死了。连妹妹给我们的猫也死了。"妻说时声音呜咽了。

阿满哭了，阿吉也呆着不动。

"进去罢，死了也就算了，人都要死哩，别说猫！快叫人来把它葬了。"我催她们离开。

妻和女孩进去了。我向猫作了最后的一瞥，在昏黄中独自徘徊。日来已失了联想媒介的无数往事，都回光返照似的一时强烈地齐现到心上来。

原载于1926年10月《一般》第2号

爱 猫

周瘦鹃

猫是一种最驯良的家畜，也是家庭中一种绝妙的点缀品，旧时闺中人引为良伴，不单是用以捕鼠而已。我家原有一头玳瑁猫，已畜有三年之久，善捕鼠，并不偷食，便溺也有定处，所以一家上下都爱它。不料后来却变了，整天懒得动弹，常在灶上打盹，见了东西就偷去吃；便溺也不再认定一处，并且常把脚爪乱抓地毯和椅垫，使我非常痛恨，但也无可奈何。不料一天早上，却发见它死在园子里了，也不知道它是怎么死的。幸而它已生下了两头小猫，总算没有绝嗣，差无后顾之虑。我们送掉了一头，留下了一头，毛片火黄夹着深黑色，腹部和四脚都作白色，比它母亲生得更美丽，也可算得是移人尤物了。

吾国文人墨客，大都爱猫，因此诗词中常有咏叹之作。清代词人钱葆酚调寄《雪狮儿》咏猫，遍征词友和韵，名家如朱竹垞、吴穀人、厉樊榭等都有和作。朱氏三阕，雅韵欲流，可称狸奴知己。

其一云：

　　吴盐几两，聘取狸奴，浴蚕时候。锦带无痕，搦絮堆锦生就。诗人黄九，也不惜、买鱼穿柳。偏爱住、戎葵石畔，牡丹花后。

　　午梦初回晴昼，敛双睛乍竖，困眠还又。惊起藤墩，子母相持良久。鹦哥来否？惹几度、春闺停绣。重帘逗，便请炉边叉手。

其二云：

　　胜酥入雪，谁向人前，不仁呼汝？永日重阶，恒把子来潜数。痴儿骏女，且莫漫、彩丝牵住。一任却、食鱼捕雀，顾蜂窥鼠。

　　百尺红墙能度，问檀郎谢媛，春眠何处？金缕鞋边，惯是双瞳偏注。玉人回步，须听取、殷勤分付。空房暮，但唤衔蝉休误。

又陈其年《垂丝钓》一云：

　　房栊潇洒，狸奴嬉戏檐下。睡熟蝶裙儿，皱绡衩。梅已谢，撒粉英一把，将伊惹。正风光艳冶。

寻春逐队，小楼窜响鸳瓦。花娇柳姹，向画廊眠藉，低撼轻红架。鹦鹉怕，唤玉郎悄打。

董舜民《玉团儿》云：

深闺驯绕闲时节，卧花茵，香团白雪，爪住湘裙，回身欲捕，绣成双蝶。
春来更惹人怜惜，怪无端、鱼羹虚设。暗响金铃，乱翻鸳瓦，把人抛撇。

刘醇甫《临江仙》云：

绣倦春闺谁伴取？红毹日暖成堆。炉边叉手任相猜。金猊从唤住，玉虎罢牵回。
刚是牡丹开到午，亭阴尽好徘徊。几番移梦下妆台。买鱼穿柳去，戏蝶踏花来。

清词丽句，足为狸奴生色。

不但我国文人爱猫，就是西方文坛名流，也有好多人都有猫癖的，如法国文豪雨果（V.Hugo），要是不见他的爱猫在房间里时，心中就会郁郁不乐，若有所失。小说家柯贝（F.Coppee）[1]，更

---

[1] 柯贝（F.Coppee）：今译作"弗朗索瓦·科佩"，法国诗人、小说家、剧作家，著有《圣物集》《过路人》等。——编者注

如痴如醉地爱着猫，连年搜罗名种，不遗余力，有几头波斯种的，名贵非常。小说家戈缔叶（Gautier）[1]，也豢养着好多头猫，无一不爱，都给它们题了东方式的名儿，如茶比德、左培玛等；有一头雌猫，用埃及女王克丽巴德兰的名儿称呼它；另有一头最美的，生着红鼻蓝眼，平日最为钟爱，不论到哪里去，总带着同行，他称之为西菲尔太太，原来西菲尔是他自己的名儿，简直当它像爱妻般看待了。英国文坛上，也有位爱猫的名流，如小说家兼诗人司各特（W.Scott），本来是爱狗成癖而并不爱猫的，到了晚年，却来了个转变，对于猫引起极大的好感。他曾在文章中写着："我在年龄上最大的进步，就是发现我爱着一头猫；这畜生本来是我所憎恶的。"诗人考伯（Cowper）[2]每在家里时，他所爱的一头小猫总是厮守在他的身旁，他曾写信给朋友说："这是蒙着猫皮的一头最灵敏的畜生。"其他如约翰生（O.Johnson）、白朗（O.M.Brown）、华尔泊（H.Walpole）[3]诸名作家，也都是有名的爱猫者，平日间是与猫为友，非猫不欢的。

　　首都名画家曹克家同志，是一位画猫的专家，在他彩笔上产生

---

[1] 戈缔叶（Gautier）：今译作"戈蒂耶"，法国唯美主义诗人、散文家和小说家，著有《莫班小姐》《死亡的喜剧》等。——编者注
[2] 考伯（Cowper）：今译作"柯珀"，英国诗人，著有《赞美诗》《任务》等。——编者注
[3] 华尔泊（H.Walpole）：今译作"贺拉斯·华尔浦尔"，英国小说家，著有《奥特兰多城堡》等。——编者注

出来的大猫小猫，不论形态神情，都好像是活的一样。一九六一年间，他在苏州待了好几个月，给刺绣工场画了不少的猫，也收了几个高徒。我们只要看了双面绣绣出来的那些活灵活现的猫，就可知道这是曹克家画笔上的产物，而过渡到"针神"们的金针上去的。

选自《拈花集》，上海文化出版社1983年6月

猫

老舍

　　猫的性格实在有些古怪。说它老实吧,它的确有时候很乖。它会找个暖和地方,成天睡大觉,无忧无虑,什么事也不过问。可是,赶到它决定要出去玩玩,就会走出一天一夜,任凭谁怎么呼唤,它也不肯回来。说它贪玩吧,的确是呀,要不怎么会一天一夜不回家呢?可是,及至它听到点老鼠的响动啊,它又多么尽职,闭息凝神,一连就是几个钟头,非把老鼠等出来不拉倒!

　　它要是高兴,能比谁都温柔可亲:用身子蹭你的腿,把脖儿伸出来要求给抓痒,或是在你写稿子的时候,跳上桌来,在纸上踩印几朵小梅花。它还会丰富多腔地叫唤,长短不同,粗细各异,变化多端,力避单调。在不叫的时候,它还会咕噜咕噜地给自己解闷。这可都凭它的高兴。它若是不高兴啊,无论谁说多少好话,它一声也不出,连半个小梅花也不肯印在稿纸上!它倔强得很!

是，猫的确是倔强。看吧，大马戏团里什么狮子，老虎，大象，狗熊，甚至于笨驴，都能表演一些玩艺儿，可是谁见过耍猫呢？（昨天才听说：苏联的某马戏团里确有耍猫的，我当然还没亲眼见过。）

这种小动物确是古怪。不管你多么善待它，它也不肯跟着你上街去逛逛。它什么都怕，总想藏起来。可是它又那么勇猛，不要说见着小虫和老鼠，就是遇上蛇也敢斗一斗。它的嘴往往被蜂儿或蝎子螫的肿起来。

赶到猫儿们一讲起恋爱来，那就闹得一条街的人们都不能安睡。它们的叫声是那么尖锐刺耳，使人觉得世界上若是没有猫啊，一定会更平静一些。

可是，及至女猫生下两三个棉花团似的小猫啊，你又不恨它了。它是那么尽责地看护儿女，连上房兜兜风也不肯去了。

郎猫可不那么负责，它丝毫不关心儿女。它或睡大觉，或上房去乱叫，有机会就和邻居们打一架，身上的毛儿滚成了毡，满脸横七竖八都是伤痕，看起来实在不大体面。好在它没有照镜子的习惯，依然昂首阔步，大喊大叫，它匆忙地吃两口东西，就又去挑战开打。有时候，它两天两夜不回家，可是当你以为它可能已经远走高飞了，它却瘸着腿大败而归，直入厨房要东西吃。

过了满月的小猫们真是可爱，腿脚还不甚稳，可是已经学会淘气。妈妈的尾巴，一根鸡毛，都是它们的好玩具，耍上没结没完。一玩起来，它们不知要摔多少跟头，但是跌倒即马上起来，再跑再跌。它们的头撞在门上，桌腿上，和彼此的头上。撞疼了也不哭。

它们的胆子越来越大，逐渐开辟新的游戏场所。它们到院子里来了。院中的花草可遭了殃。它们在花盆里摔跤，抱着花枝打秋千，所过之处，枝折花落。你不肯责打它们，它们是那么生气勃勃，天真可爱呀。可是，你也爱花。这个矛盾就不易处理。

现在，还有新的问题呢：老鼠已差不多都被消灭了，猫还有什么用处呢？而且，猫既吃不着老鼠，就会想办法去偷捉鸡雏或小鸭什么的开开斋。这难道不是问题么？

在我的朋友里颇有些位爱猫的。不知他们注意到这些问题没有？记得二十年前在重庆住着的时候，那里的猫很珍贵，须花钱去买。在当时，那里的老鼠是那么猖狂，小猫反倒须放在笼子里养着，以免被老鼠吃掉。据说，目前在重庆已很不容易见到老鼠。那么，那里的猫呢？是不是已经不放在笼子里，还是根本不养猫了呢？这须打听一下，以备参考。

也记得三十年前，在一艘法国轮船上，我吃过一次猫肉。事前，我并不知道那是什么肉，因为不识法文，看不懂菜单。猫肉并不难吃，虽不甚香美，可也没什么怪味道。是不是该把猫都送往法国轮船上去呢？我很难作出决定。

猫的地位的确降低了，而且发生了些小问题。可是，我并不为猫的命运多耽什么心思。想想看吧，要不是灭鼠运动得到了很大的成功，消除了巨害，猫的威风怎会减少了呢？两相比较，灭鼠比爱猫更重要的多,不是吗?我想,世界上总会有那么一天,一切都机械化了,不是连驴马也会有点问题吗?可是,谁能因耽忧驴马没有事作而放弃了机械化呢?

原载于 1959 年 8 月《新观察》第 16 期

父亲的玳瑁

鲁彦

在墙脚跟刷然溜过的那黑猫的影,又触动了我对于父亲的玳瑁的怀念。

净洁的白毛的中间,夹杂些淡黄的云霞似的柔毛,恰如透明的妇人的玳瑁首饰的那种猫儿,是被称为"玳瑁猫"的。我们家里的猫儿正是那一类,父亲便给了它"玳瑁"这个名字。

在近来的这一匹玳瑁之前,我们还曾有过另外的一匹。它有着同样的颜色,得到了同样的名字,同是从我姊姊的家里带来,一样地为我们所爱。

但那是我不幸的妹妹的玳瑁,它曾经和她盘桓了十二年的岁月。

而现在的这一匹,是属于父亲的。

它什么时候来到我们家里,我不很清楚,据说大约已有三年光景了。父亲给我的信,从来不曾提过它。在他的理智中,仿佛以为玳瑁毕竟是一匹小小的兽,比不上任何的家事,足以通知我似的。

但当我去年回到家里的时候,我看到了父亲和玳瑁的感情了。

每当厨房的碗筷一搬动,父亲在后房餐桌边坐下的时候,玳瑁便在门外"咪咪"的叫了起来。这叫声是只有两三声,从不多叫的。它仿佛在问父亲,可不可以进来似的。

于是父亲就说了,完全像对什么人说话一样:

"玳瑁,这里来!"

我初到的几天,家里突然增多了四个人,在玳瑁似乎感觉到热闹与生疏的恐惧,常不肯即刻进来。

"来吧,玳瑁!"父亲望着门外,不见它进来,又说了。

但是玳瑁只回答了两声"咪咪"仍在门外徘徊着。

"小孩一样,看见生疏的人,就怕进来了。"父亲笑着对我们说。

但是过了一会,玳瑁在大家的不注意中,已经跃上了父亲的膝上。

"哪,在这里了。"父亲说。

我们弯过头去看,它伏在父亲的膝上,睁着略带惧怯的眼望着我们,仿佛预备逃遁似的。

父亲立刻理会它的感觉,用手抚摩着它的颈背,说:"困吧,玳瑁。"一面他又转过来对我们说:"不要多看它,它像姑娘一样的呢。"

我们吃着饭,玳瑁从不跳到桌上来,只是静静地伏在父亲的膝上。有时鱼腥的气息引诱了它,它便偶尔伸出半个头来望了一望,又立刻缩了回去。它的脚不肯触着桌子。这是它的规矩,父亲告诉我们说,向来是这样的。

父亲吃完饭,站起来的时候,玳瑁便先走出门外去。它知道父亲要到厨房里去给它备饭了。那是真的,父亲从来不曾忘记过,他自己一吃完饭,便去添饭给玳瑁的。玳瑁的饭每次都有鱼或鱼汤拌着。父亲自己这几年来对于鱼的滋味据说已有点厌了,但即使自己不吃,他总是每次上街去,给玳瑁带了一些鱼来,而且给它储存着的。

白天,玳瑁常在储藏东西的楼上,不常到楼下的房子里来。但每当父亲有什么事情将要出去的时候,玳瑁像是在楼上看着的样子,便溜到父亲的身边,绕着父亲的脚转了几下,一直跟父亲到门边。父亲回来的时候,它又像是在什么地方远远望着,静静地倾听着的样子,待父亲一跨进门限,它又在父亲的脚边了。它并不时时刻刻跟着父亲,但父亲的一举一动,父亲的进出,它似乎时刻在那里留心着。

晚上,玳瑁睡在父亲的脚后的被上,陪伴着父亲。

我们回家后,父亲换了一个寝室。他现在睡到弄堂门外一间从来没有人去的地方了。

玳瑁有两夜没有找到父亲,只在原地方走着,叫着。它第一夜跳到父亲的床上,发现睡着的是我们,便立刻跳了出去。

正是很冷的天气。父亲记念着玳瑁夜里受冷,说它恐怕不会想到他会搬到那样冷落的地方去的,而且晚上弄堂门又关得很早。

但是第三天的夜里,父亲一觉醒来,玳瑁已在床上睡着了,静静的,"咕咕"念着猫经。

半个月后,玳瑁对我也渐渐熟了。它不复躲避我。当它在父亲身边的时候,我伸出手去,轻轻抚摩着它的颈背。它伏着不动。然而它从不自己走近我。我叫它,它仍不来。就是母亲,她是永久和父亲在一起的,它也不肯走近她。父亲呢,只要叫一声"玳瑁",甚至咳嗽一声,它便不晓得从什么地方溜出来了,而且绕着父亲的脚。

有两次玳瑁到邻居去游走,忘记了吃饭。我们大家叫着"玳瑁玳瑁",东西寻找着,不见它回来。父亲却猜到它那里去了。他拿着玳瑁的饭碗走出门外,用筷子敲着,只喊了两声"玳瑁",玳瑁便从很远的邻屋上走来了。

"你的声音像格外不同似的,"母亲对父亲说,"只叫两声,又不大,它便老远的听见了。"

"是哪,它只听我管的哩。"

对于寂寞地度着残年的老人,玳瑁所给与的是儿子和孙子的安慰,我觉得。

六月四日的早晨,我带着战栗的心重到家里,父亲只躺在床上远远地望了我一下,便疲倦地合上了眼皮。我悲苦地牵着他的手在我的面上抚摩。他的手已经有点生硬,不复像往日柔和地抚摩玳瑁的颈背那么自然。据说在头一天的下午,玳瑁曾经跳上他的身边，悲鸣着，父亲还很自然地抚摩着它亲密地叫着"玳珥"。而我呢，已经迟了。

从这一天起，玳珥便不再走进父亲的以及和父亲的相连的我们的房子。我们有好几天没有看见玳珥的影子。我代替了父亲的工作，给玳珥在厨房里备好鱼拌的饭，敲着碗，叫着"玳珥"。玳珥没有回答，也不出来。母亲说，这几天家里人多，闹得很，它该是躲在楼上怕出来的。于是我把饭碗一直送到楼上。然而玳珥仍没有影子。过了一天，碗里的饭照样地摆在楼上，只饭粒干瘪了一些。

玳珥正怀着孕，需要好的滋养。一想到这，大家更其焦虑了。

第五天早晨，母亲才发现给玳珥在厨房预备着的另一只饭碗里的饭略略少了一些。大约它在没有人的夜里走进了厨房。它应该是非常饥饿了。然而仍像吃不下的样子。

一星期后，家里的戚友渐渐少了。玳珥仍不大肯露面。无论谁叫它，都不答应，偶然在楼梯上溜过的后影，显得憔悴而且瘦削，连那怀着孕的肚子也好像小了一些似的。

一天一天，家里愈加冷静了。满屋里主宰着静默的悲哀。一到晚上，人还没有睡，老鼠便吱吱叫着活动起来，甚至我们房间的楼上也在叫着跑着。玳珥是最会捕鼠的。当去年我们回家的时候，即使它跟着父亲睡在远一点的地方，我们的房间里从没有听见过老鼠的声音，但现在玳珥就睡在隔壁的楼上，也不过问了。我们毫不埋怨它。我们知道它所以这样的原因。

可怜的玳瑁。它不能再听到那熟识的亲密的声音,不能再得到那慈爱的抚摩,它是在怎样的悲伤呵!

三星期后,我们全家要离开故乡。大家预先就在商量,怎样把玳瑁带出来。但是离开预定的日子前一星期,玳瑁生了小孩了。我们看见它的肚子松瘪着。

怎样能够把它带出来呢?

然而为了玳瑁,我们还是不能不带它出来。我们家里的门将要全锁上。邻居们不会像我们似的爱它,而且大家全吃着素菜,不会舍得买鱼饲它。单看玳瑁的脾气,连对于母亲也是冷淡淡的,决不会喜欢别的邻居。

我们还是决定带它一道来上海。

它生了几个小孩,什么样子,放在那里,我们虽然极想知道,却不敢去惊动玳瑁。我们预定在饲玳瑁的时候,先捉到它,然后再寻觅它的小孩。因为这几天来,玳瑁在吃饭的时候,已经不大避人,捉到它应该是容易的。

但是两天后,我们十几岁的外甥遏抑不住他的热情了。不知怎样,玳瑁的孩子们所在的地方先被他很容易地发现了。它们原来就在楼梯门口,一只半掩着的糠箱里。玳瑁和它的小孩们就住在这里,是谁也想不到的。外甥很喜欢,叫大家去看。玳瑁已经溜得远远的在惧怯地望着。

我们想,既然玳瑁已经知道我们发觉了它的小孩的住所,不如便先把它的小孩看守起来,因为这样,也可以引诱玳瑁的来到,否则它会把小孩衔到更没有人晓得的地方去的。

于是我们便做了一个更安适的窠，给它的小孩们，携进了以前的父亲的寝室，而且就在父亲的床边。

那里是四个小孩，白的，黑的，黄的，玳瑁的，还没有睁开眼睛。贴着压着，钻做一团，肥圆的。捉到它们的时候，偶然发出微弱的老鼠似的吱吱的鸣声。

"生了几只呀？"母亲问着。

"四只。"

"嗨，四只！怪不得！扛了你父亲的棺材，不要再扛我的呢！"母亲叹息着，不快活地说。

大家听着这话，愣住了。

"把它们丢出去！"外甥叫着说，但他同时却又喜悦地抚摩着玳瑁的小孩们，舍不得走开。

玳瑁现在在楼上寻觅了，它大声地叫着。

"玳瑁，这里来，在这里。"我们学着父亲仿佛对人说话似的叫着玳瑁说。

但是玳瑁像只懂得父亲的话，不能了解我们说什么。它在楼上寻觅着，在弄堂里寻觅着，在厨房里寻觅着，可不走进以前父亲天天夜里带着它睡觉的房子。我们有时故意作弄它的小孩们，使它们发出微弱的鸣声。玳瑁仍像没有听见似的。

过了一会，玳瑁给我们女工捉住了。它似乎饿了，走到厨房去吃饭，却不防给她一手捉住了颈背的皮。

"快来！快来！捉住了！"她大声叫着。

我扯了早已预备好的绳圈，跑出去。

玳瑁大声地叫着，用力地挣扎着。待至我伸出手去，还没抱住玳瑁，女工的手一松，玳瑁溜走了。

它不再到厨房里去，只在楼上叫着，寻觅着。

几点钟后，我们只得把玳瑁的小孩们送回楼上。它们显然也和玳瑁似的在忍受着饥饿和痛苦。

玳瑁又静默了。不到十分钟，我们已看不见它的小孩们的影子。现在可不必再费气力，谁也不会知道它们的所在。

有一天一夜，玳瑁没有动过厨房里的饭。以后几天，它也只在夜里，待大家睡了以后到厨房里去。

我们还想设法带玳瑁出来，但是母亲说：

"随它去吧，这样有灵性的猫，那里会不晓得我们要离开这里。要出去自然不会躲开的。你们看它，父亲过世以后，再不忍走进那两间房里，并且几天没有吃饭，明明在非常的伤心。现在怕是还想在这里陪伴你们父亲的灵魂呢。它原是你父亲的。"

我们只好随玳瑁自己了。它显然比我们还舍不得父亲，舍不得父亲所住过的房子，走过的路以及手所抚摸过的一切。父亲的声音，父亲的形象，父亲的气息，应该都还很深刻地萦绕在它的脑中。

可怜的玳瑁，它比我们还爱父亲！

然而玳瑁也太凄惨了。以后还有谁再像父亲似的按时给它好的食物，而且慈爱地抚摩着它，像对人说话似的一声声地叫它呢？

　　离家的那天早晨，母亲曾给它留下了许多给孩子吃的稀饭在厨房里。门虽然锁着，玳瑁应该仍然晓得走进去。邻居们也曾答应代我们给它饲料。然而又怎能和父亲在的时候相比呢？

　　现在距我们离家的时候又已一月多了。玳瑁应该很健康着，它的小孩们也该是很活泼可爱了吧？

　　我希望能再见到和父亲的灵魂永久同在着的玳瑁。

选自《驴子和骡子》，生活书店 1934 年 12 月

猫

汪曾祺

我不喜欢猫。

我的祖父有一只大黑猫。这只猫很老了,老得懒得动,整天在屋里趴着。

从这只老猫我知道猫的一些习性:

猫念经。猫不知道为什么整天"念经",整天呜噜呜噜不停。这呜噜呜噜的声音不知是从哪里发出来的,怎么发出来的。不是从喉咙里,像是从肚子里发出的。呜噜呜噜……真是奇怪。别的动物没有这样不停地念经的。

猫洗脸。我小时洗脸很马虎,我的继母说我是猫洗脸。猫为什么要"洗脸"呢?

猫盖屎。北京人把做了见不得人的事想遮掩而又遮不住,叫"猫盖屎"。猫怎么知道拉了屎要盖起来的?谁教给它的?——母猫,猫的妈?

我的大伯父养了十几只猫。比较名贵的是玳瑁猫——有白、黄、黑色的斑块。如是狮子猫，即更名贵。其他的猫也都有品，如"铁棒打三桃"——白猫黑尾，身有三块桃形的黑斑；"雪里拖枪"；黑猫、白猫、黄猫、狸猫……

我觉得不论叫什么名堂的猫，都不好看。

只有一次，在昆明，我看见过一只非常好看的小猫。

这家姓陈，是广东人。我有个同乡，姓朱，在轮船上结识了她们，母亲和女儿，攀谈起来。我这同乡爱和漂亮女人来往。她的女儿上小学了。女儿很喜欢我，爱跟我玩。母亲有一次在金碧路遇见我们，邀我们上她家喝咖啡。我们去了。这位母亲已经过了三十岁了，人很漂亮，身材高高的，腿很长。她看人眼睛眯眯的，有一种恍恍惚惚的成熟的美。她斜靠在长沙发的靠枕上，神态有点慵懒。在她脚边不远的地方，有一个绣墩，绣墩上一个墨绿色软缎圆垫上卧着一只小白猫。这猫真小，连头带尾只有五六寸，雪白的，白得像一团新雪。这猫也是懒懒的，不时睁开蓝眼睛顾盼一下，就又闭上了。屋里有一盆很大的素心兰，开得正好。好看的女人、小白猫、兰花的香味，这一切是一个梦境。

猫的最大的劣迹是交配时大张旗鼓地嚎叫。有的地方叫做"猫叫春"，老北京谓之"闹猫"。不知道是由于快感或痛感，郎猫女猫（这是北京人的说法，一般地方都叫公猫、母猫）一递一声，叫起来没完，其声凄厉，实在讨厌。鲁迅"仇猫"，良有以也。有一老和尚为其叫声所扰，以至不能入定，乃作诗一首。诗曰：

春叫猫儿猫叫春,
看他越叫越来神。
老僧亦有猫儿意,
不敢人前叫一声。

选自《汪曾祺全集》,北京师范大学出版社1998年8月

阿　咪

丰子恺

阿咪者，小白猫也。十五年前我曾为大白猫"白象"写文。白象死后又曾养一黄猫，并未为它写文。最近来了这阿咪，似觉非写不可了。盖在黄猫时代我早有所感，想再度替猫写照。但念此种文章，无益于世道人心，不写也罢。黄猫短命而死之后，写文之念遂消。直至最近，友人送了我这阿咪，此念复萌，不可遏止。率尔命笔，也顾不得世道人心了。

阿咪之父是中国猫，之母是外国猫。故阿咪毛甚长，有似兔子。想是秉承母教之故，态度异常活泼，除睡觉外，竟无片刻静止。地上倘有一物，便是它的游戏伴侣，百玩不厌。人倘理睬它一下，它就用姿态动作代替言语，和你大打交道。此时你即使有要事在身，也只得暂时撇开，与它应酬一下；即使有懊恼在心，也自会忘怀一切，笑逐颜开。哭的孩子看见了阿咪，会破涕为笑呢。

我家平日只有四个大人和半个小孩。半个小孩者，便是我女儿的干女儿，住在隔壁，每星期三天宿在家里，四天宿在这里，但白天总是上学。因此，我家白昼往往岑寂，写作的埋头写作，做家务的专心家务，肃静无声，有时竟像修道院。自从来了阿咪，家中忽然热闹了。

厨房里常有保姆的话声或骂声，其对象便是阿咪。室中常有陌生的笑谈声，是送信人或邮递员在欣赏阿咪。来客之中，送信人及邮递员最是枯燥，往往交了信件就走，绝少开口谈话。自从家里有了阿咪，这些客人亲昵得多了。常常因猫而问长问短，有说有笑，送出了信件还是留连不忍遽去。

访客之中，有的也很枯燥无味。他们是为公事或私事或礼貌而来的，谈话有的规矩严肃，有的噜苏疙瘩，有的虚空无聊，谈完了天气之后只得默守冷场。然而自从来了阿咪，我们的谈话有了插曲，有了调节，主客都舒畅了。有一个为正经而来的客人，正在侃侃而谈之时，看见阿咪姗姗而来，注意力便被吸引，不能再谈下去，甚至我问他也不回答了。又有一个客人向我叙述一件颇伤脑筋之事，谈话冗长曲折，连听者也很吃力。谈至中途，阿咪蹦跳而来，无端地仰卧在我面前了。这客人正在愤慨之际，忽然转怒为喜，停止发言，赞道："这猫很有趣！"便欣赏它，抚弄它，获得了片时的休息与调节。有一个客人带了个孩子来。我们谈话，孩子不感兴味，在旁枯坐。我家此时没有小主人可陪小客人，我正抱歉，忽然阿咪从沙发下钻出，抱住了我的脚。于是大小客人共同欣赏阿咪，三人就团结一气了。后来我应酬大客人，阿咪替我招待小客人，我这主人就放心了。原来小朋友最爱猫，和它厮伴半天，也不厌倦；甚至被它抓出了血也情愿。因为他们有一共通性：活泼好动。女孩子更喜欢猫，逗它玩它，抱它喂它，劳而不怨。因为她们也有个共通性：娇痴亲昵。

　　写到这里，我回想起已故的黄猫来了。这猫名叫"猫伯伯"。在我们故乡，伯伯不一定是尊称。我们称鬼为"鬼伯伯"，称贼为"贼伯伯"。故猫也不妨称为"猫伯伯"。大约对于特殊而引人注目的人物，都可讥讽地称之为伯伯。这猫的确是特殊而引人注目的。我的女儿最喜欢它。有时她正在写稿，忽然猫伯伯跳上书桌来，面对着她，端端正正地坐在稿纸上了。她不忍驱逐，就放下了笔，和它玩耍一会。有时它竟盘拢身体，就在稿纸上睡觉了，身体仿佛一堆牛粪，正好装满了一张稿纸。有一天，来了一位难得光临的贵客。我正襟危坐，专心应对。"久仰久仰""岂敢岂敢"，有似演剧。忽然猫伯伯跳上矮桌来，嗅嗅贵客的衣袖。我觉得太唐突，想赶走它。贵客却抚它的背，极口称赞："这猫真好！"话头转向了猫，紧张的演剧就变成了和乐的闲谈。后来我把猫伯伯抱开，放在地上，希望它去了，好让我们演完这一幕。岂知过得不久，忽然猫伯伯跳到沙发背后，迅速地爬上贵客的背脊，端端正正地坐在他的后颈上了！这贵客身体魁梧奇伟，背脊颇有些驼，坐着喝茶时，猫伯伯看来是个小山坡，爬上去很不吃力。此时我但见贵客的天官赐福的面孔上方，露出一个威风凛凛的猫头，画出来真好看呢！我以主人口气呵斥猫伯伯的无礼，一面起身捉猫。

但贵客摇手阻止，把头低下，使山坡平坦些，让猫伯伯坐得舒服。如此甚好，我也何必做杀风景的主人呢？于是主客关系亲密起来，交情深入了一步。

可知猫是男女老幼一切人民大家喜爱的动物。猫的可爱，可说是群众意见。而实际上，如上所述，猫的确能化岑寂为热闹，变枯燥为生趣，转懊恼为欢笑；能助人亲善，教人团结。即使不捕老鼠，也有功于人生。那么我今为猫写照，恐是未可厚非之事吧？猫伯伯行年四岁，短命而死。这阿咪青春尚只有三个月。希望它长寿健康，像我老家的老猫一样，活到十八岁。这老猫是我的父亲的爱物。父亲晚酌时，它总是端坐在酒壶边。父亲常常摘些豆腐干喂它。六十年前之事，今犹历历在目呢。

原载于1962年8月《上海文学》第35期

狗之晨

老舍

东方既明，宇宙正在微笑，玫瑰的光吻红了东边的云。大黑在窝里伸了伸腿；似乎想起一件事，啊，也许是刚才作的那个梦；谁知道，好吧，再睡。门外有点脚步声！耳朵竖起，像雨后的两枝慈姑叶；嘴，可是，还舍不得项下那片暖，柔，有味的毛。眼睛睁开半个。听出来了，又是那个巡警，因为脚步特别笨重，闻过他的皮鞋，马粪味很大；大黑把耳朵落下去，似乎以为巡警是没有什么趣味的东西。但是，脚步到底是脚步声，还得听听；啊，走远了。算了吧，再睡。把嘴更往深里顶了顶，稍微一睁眼，只能看见自己的毛。

刚要一迷忽，哪来的一声猫叫？头马上便抬起来。在墙头上呢，一定。可是并没看到；纳闷：是那个黑白花的呢，还是那个狸子皮的？想起那狸子皮的，心中似乎不大起劲；狸子皮的抓破过大黑的鼻子；不光荣的事，少想为妙。还是想那个黑白花的吧，那天不是大黑几乎把黑白花的堵在墙角么？这么一想，喉咙立刻痒了一下，向空中叫了两声。

"安顿着，大黑！"屋中老太太这么喊。

大黑翻了翻眼珠，老太太总是不许大黑咬猫！可是不敢再作声，并且向屋子那边摇了摇尾巴。什么话呢，天天那盆热气腾腾的食是谁给大黑端来？老太太！即使她的意见不对也不能得罪她，什么话呢，大黑的灵魂是在她手里拿着呢。她不准大黑叫，大黑当然不再叫。假如不服从她，而她三天不给端那热腾腾的食来？大黑不敢再往下想了。

似乎受了刺激，再也睡不着；咬咬自己的尾巴，大概是有个狗蝇，讨厌的东西！窝里似乎不易找到尾巴，出去。在院里绕着圆圈找自己的尾巴，刚咬住，"不棱"，又被（谁？）夺了走，再绕着圈捉。有趣，不觉得嗓子里哼出些音调。

"大黑！"

老太太真爱管闲事啊！好吧，夹起尾巴，到门洞去看看。坐在门洞，顺着门缝往外看，喝，四眼已经出来遛早了！四眼是老朋友：那天要不幸亏是四眼，大黑一定要输给二青的！二青那小子，处处是大黑的仇敌：抢骨头，闹恋爱，处处他和大黑过不去！假如那天他咬住大黑的耳朵？十分感激四眼！"四眼！"热情的叫着。四眼正在墙根找到包箱似的方便所在，刚要抬腿；"大黑，快来，到大院去跑一回？"

大黑焉有不同意之理，可是，门，门还关着呢！叫几声试试，也许老头儿就来开门。叫了几声,没用。再试试两爪,在门上抓了一回,门纹丝没动!

眼看着四眼独自向大院跑去!大黑真急了,向墙头叫了几声,虽然明知道自己没有上墙的本领。再向门外看看,四眼已经没影了。可是门外走着个叫化子,大黑借此为题,拼命的咬起来。大黑要是有个缺点,那就是好欺侮苦人。见汽车快躲,见穷人紧追,大黑几乎由习惯中形成这么两句格言。叫化子也没影了,大黑想象着狂咬一番,不如是好像不足以表示出自己的尊严,好在想象是不费什么实力的。

大概老头儿快来开门了,大黑猜摸着。这么一想,赶紧跑到后院去,以免大清早晨的就挨一顿骂。果然,刚到后院,就听见老头儿去开街门。大黑心中暗笑,觉得自己的智慧足以使生命十分有趣而平安。

等到老头儿又回到屋中,大黑轻轻的顺着墙根溜出去。出了街门,抖了抖身上的毛,向空中闻了闻,觉得精神十分焕发。然后又伸了个懒腰,就手儿在地上磨了磨脚趾甲,后腿蹬起许多的土,沙沙的打在墙上,非常得意。在门前蹲坐起来,耳朵立着,坐着比站着身量高,加上两个竖立的耳朵,觉得自己很伟大而重要。

刚这么坐好,黄子由东边来了。黄子是这条胡同里的贵族,身量大,嘴是方的,叫的声音瓮声瓮气。大黑的耳朵渐渐往下落,心里嘀咕:还是坐着不动好呢,还是向黄子摆摆尾巴好呢,还是以进为退假装怒叫两声呢?他知道黄子的厉害,同时,又要顾及自己的尊严。他微微的回了回头,呕,没关系,坐在自己家门口还有什么危险?耳朵又微微的往上立,可是其余的地方都没敢动。

黄子过来了!在离大黑不远的一个墙角闻了闻,好像并没注意大黑。大黑心中同时对自己下了两道命令:"跑!""别动!"

黄子又往前凑了凑,几乎是要挨着大黑了。大黑的胸部有些颤动。可是黄子还好似没看见大黑,昂然的走过去。他远了,大黑开始觉得不是味道:为什么不乘着黄子没防备好而扑过去咬他一口?十分的可耻,那样的怕黄子。大黑越想越看不起自己。为发泄心中的怒气,开始向空中瞎叫。继而一想,万一把黄子叫回来呢?登时立起来,东向走去,这样便不会和黄子走个对碰头。

大黑不像黄子那样在道路当中卷起尾巴走。而是夹着尾巴顺墙根往前溜;这样,如遇上危险,至少屁股可以拿墙作后盾,减少后方的防务。在这里就可以看出大黑并不"大":大黑的"大"和小梅的"小",都不许十分叫真的。可是他极重视这个"大"字,特别和他主人在一块的时候,主人一喊"大"黑,他便觉得自己至少有骆驼那么大,跟谁也敢拼一拼。就是主人不在眼前的时候,他也不敢承认自己是小。因为连不敢这么承认还不肯卷起尾巴走路呢;设若根本的自认貌小,那还敢出来走走吗?"大"字是他的主心骨。"大"字使他对小哈巴狗,瘦猫,叫化子,敢张口就咬;"大"字使他有时候对大狗——像黄子之类的——也敢露一露牙,和嗓子眼里细叫几声;而且主人在跟前的时候,"大"字使他甚至于敢和黄子干一仗,虽明知必败,而不得不这样牺牲。狗的世界是不和平的,大黑专仗着这个"大"字去欺软怕硬的享受生命。

大黑的长相也不漂亮,而最足自馁的是没有黄子那样的一张方嘴。狗的女性们,把吻永远白送给方嘴;大黑的小尖嘴,猛看像个子粒不足的"老鸡头",就是把舌头伸出多长,她们连向他笑一下都觉得有失尊严。这个,大黑在自思自叹的时候,不能不归罪于他的父母。虽然老太太常说,大黑的父亲是饭庄子的那个小驴似的老黑,他十分怀疑这个说法。况且谁是他的母亲?没人知道!大黑没有可靠的家谱作证,所以连和四眼谈话的时候,也不提家事;大黑十分伤心。更不敢照镜子;地上有汪水,他都躲开。对于大黑,顾影是不能引起自怜的。那条尾巴!细,软,毛儿不多,偏偏很长,就是卷起来也不威武,况且卷着还很费事;老得夹着!

大黑到了大院。四眼并没在那里。大黑赶紧往四下看看,好在二青什么的全没在那里,心里安定了些。由走改为小跑,觉得痛快。好像二青也算不了什么,而且有和二青再打一架的必要。再和二青打的时候,顶好是咬住他一个地方,死不撒嘴,这样必能致胜。打倒了二青,再联络四眼战败黄子,大黑便可以称雄了。

远处有吠声,好几个狗一同叫呢。细听,有她的声音!她,小花!大黑向她伸过多少回舌头,摆过多少回尾巴;可是她,她连正眼瞧大黑一眼也不瞧!不是她的过错;战败二青和黄子,她自然会爱大黑的。大黑决定去看看,谁和小花一块唱恋歌呢。快跑。别,跑太快了,和黄子碰个头,可不得了;谨慎一些好。四六步儿的跑。

看见了:小花,喝,围着七八个,哪个也比大黑个子大,声音高！无望！不便于过去。可是四眼也在那边呢；四眼敢，大黑为何不敢？可是，四眼也个子不小哇，至少四眼的尾巴卷得有个样儿。有点恨四眼，虽然是好朋友。

大黑叫开了。虽然不敢过去，可是在远处示威终比那一天到晚闷在家里的小哈巴狗强多了。那边还有个小板凳狗，安然的在家门口坐着，连叫也不敢叫；大黑的身份增高了很多，凡事就怕比较。

那群大狗打起来了。打得真厉害，啊，四眼倒在底下了。哎呀四眼；呕，活该；到底他已闻了小花一鼻子。大黑的嫉妒把友谊完全忘了。看，四眼又起来了，扑过小花去了，大黑的心差点跳出来了，自己号着转了个圆圈。啊，好！小花极骄慢的躲开四眼。好，小花！大黑痛快极了。

那群大狗打过这边来了，大黑一边看着一边退步，心里说：别叫四眼看见，假如一被看见，他求我帮忙，可就不好办了。往后退，眼睛呆看着小花，她今天特别的骄傲，好看。大黑恨自己！退得离小板凳狗不远了，唉，拿个小东西杀杀气吧！闻了小板凳一下，小板凳跳起来，善意的向大黑腿部一扑，似乎是要和大黑玩耍玩耍。大黑更生气了：谁和你个小东西玩呢？牙露出来，耳朵也立起来示威。小板凳真不知趣：轻轻抓了地几下，腰儿塌着，尾巴卷着直摆。大黑知道这个小东西是不怕他，嘴张开了，预备咬小东西的脖子。正在这个当儿，大狗们跑过来了。小板凳看着他们，小嘴儿噘着巴巴的叫起来，毫无惧意。大黑转过身来，几乎碰着黄子的哥哥，比黄子还大，鼻子上一大道白，这白鼻梁看着就可怕！大黑深恐小板凳的吠声引起他们的注意，而把大黑给围在当中。可是他们只顾追着小花，一群野马似的跑了过去，似乎谁也没有看见大黑。大黑的耻辱算是到了家，他还不如小板凳硬气呢！

似乎得设法叫小板凳看出大黑是和那群大狗为伍的：好吧，向前赶了两步，轻轻的叫了两声，瞭了小板凳一眼，似乎是说：你看，我也是小花的情人；你，小板凳，只配在这儿坐着。

风也似的，小花在前，他们在后紧随，又回来了！躲是来不及了，大黑的左右都是方嘴——都大得出奇！他的全身没有一根毛能舒坦的贴着肉皮了，全离心离骨的立起来。他的腿好像抽出了骨头，只剩下些皮和筋，而还要立着！他的尖嘴向四围纵纵着，只露出一对大牙。他的尾巴似乎要挤进肚皮里去。他的腰躬着，可是这样缩短，还掩不住两旁的筋骨。小花，好像是故意的，挤了他一下。他一点也不觉得舒服，急忙往后退。后腿碰着四眼的头。四眼并没招呼他。

一阵风似的，他们又跑远了。大黑哆嗦着把牙收回嘴中去，把腰平伸了伸，开始往家跑。后面小板凳追上来，一劲儿巴巴的叫。大黑回头龇了龇牙：干吗呀，你！似乎是说。

回到家中，看了看盆里，老太太还没把食端来。倒在台阶上，舔着腿上的毛。

"一边去！好狗不挡道，单在台阶上爬着！"老太太喊。

翻了翻白眼，到墙根去卧着。心中安定了，开始设想：假如方才不害怕,他们也未必把我怎样了吧?后悔:小花挤了我一下,假如乘那个机会……决定不行,决定不行!那个小板凳!焉知小板凳不是个女性呢,竟自忘了看!谁和小板凳讲交情呢!

门外有人拍门。大黑立刻精神起来,等着老太太叫大黑。

"大黑!"

大黑立刻叫起来,往下扑着叫,觉得自己十二分的重要威严。老太太去看门,大黑跟着,拼命的叫。

送信的。大黑在老太太脚前扑着往外咬。邮差安然不动。老太太踢了大黑一腿:"怎这么讨厌,一边去!"

大黑不敢再叫,随着老太太进来,依旧卧在墙根。肚中发空,眼瞭着食盆,把一切都忘了,好像大黑的生命存在与否只看那个黑盆里冒热气不冒!

选自《老舍幽默诗文集》,时代图书公司 1934 年 4 月

小黑狗

萧红

像从前一样,大狗是睡在门前的木台上。望着这两只狗我沉默着。我自己知道又是想起我的小黑狗来了。

前两个月的一天早晨,我去倒脏水。在房后的角落处,房东的使女小钰蹲在那里。她的黄头发毛蓬着,我记得清清的,她的衣扣还开着。我看见的是她的背面,所以我不能预测这是发生了什么!

我斟酌着我的声音,还不等我向她问,她的手已在颤抖,唔!她颤抖的小手上有个小狗在闭着眼睛,我问:

"哪里来的?"

"你来看吧!"

她说着,我只看她毛蓬的头发摇了一下,手上又是一个小狗在闭着眼睛。

不仅一个两个,不能辨清是几个,简直是一小堆。我也和孩

子一样,和小钰一样欢喜着跑进屋去,在床边拉他的手:

"平森……啊……喔喔……"

我的鞋底在地板上响,但我没说出一个字来,我的嘴废物似的啊喔着。他的眼睛瞪住,和我一样,我是为了欢喜,他是为了惊愕。最后我告诉了他,是房东的大狗生了小狗。

过了四天,别的一只母狗也生了小狗。

以后小狗都睁开眼睛了。我们天天玩着它们,又给小狗搬了个家,把它们都装进木箱里。

争吵就是这天发生的。小钰看见老狗把小狗吃掉一只,怕是那只老狗把它的小狗完全吃掉,所以不同意小狗和那个老狗同居,大家就抢夺着把余下的三个小狗也给装进木箱去,算是那只白花狗生的。

那个毛褪得稀疏,骨骼突露,瘦得龙样似的老狗,追上来。白花狗仗着年轻不惧敌,哼吐着开仗的声音。平时这两条狗从不咬架,就连咬人也不会。现在凶恶极了,就像两条小熊在咬架一样。房东的男儿,女儿,听差,使女,又加我们两个,此时都没有用了。不能使两个狗分开。两个狗满院疯狂地拖跑。人也疯狂着。在人们吵闹的声音里,老狗的乳头脱掉一个,含在白花狗的嘴里。

人们算是把狗打开了。老狗再追去时,白花狗已经把乳头吐到地上,跳进木箱看护它的一群小狗去了。

脱掉乳头的老狗,血流着,痛得满院转走。木箱里它的三个小狗却拥挤着不是自己的妈妈,在安然地吃奶。

有一天,把个小狗抱进屋来放在桌上,它害怕,不能迈步,全身有些颤,我笑着很是得意,说:

"平森,看小狗啊!"

他却相反,说道:

"哼!现在觉得小狗好玩,长大要饿死的时候,就无人管了。"

这话间接地可以了解。我笑着的脸被这话毁坏了,用我寛寛的手,把小狗送了出去。我心里有些不愿意,不愿意小狗将来饿死。可是我却没有说什么,面向后窗,我看望后窗外的空地。这块空地没有阳光照过,四面立着的是有产阶级的高楼,几乎是和阳光绝了缘。不知什么时候,小狗腐了,烂了,挤在木板下,左近有苍蝇飞着。我的心情完全神经质下去,好像躺在木板下的小狗就是我自己,像听着苍蝇在自己已死的尸体上寻食一样。

平森走过来,我怕又要证实他方才的话。我假装无事,可是他已经看见那个小狗了。我怕他又要象征着说什么,可是他已经说了:

"一个小狗死在这没有阳光的地方,你觉得可怜么?年老的叫化子不能寻食,死在阴沟里,或是黑暗的街道上;女人,孩子,就是年轻人失了业的时候也是一样。"

我愿意哭出来,但我不能因为人都说女人一哭就算了事,我不愿意了事。可是慢慢地我终于哭了!他说:"悄悄,你要哭么?这是平常的事,冻死,饿死,黑暗死,每天都有这样的事情,把持住自己。渡我们的桥梁吧,小孩子!"

我怕着羞,把眼泪拭干了,但,终日我是心情寞寞。

过了些日子,十二个小狗之中又少了两个。但是剩下的这些更可爱了,会摇尾巴,会学着大狗叫,跑起来在院子就是一小群。有时门口来了生人,它们也跟着大狗跑去,并不咬,只是摇着尾巴,就像和生人要好似的,这或是小狗还不晓得它们的责任,还不晓得保护主人的财产。

天井中纳凉的软椅上,房东太太吸着烟。她开始说家常话了。结果又说到了小狗:

"这一大群什么用也没有,一个好看的也没有,过几天把它们远远地送到马路上去。秋天又要有一群,厌死人了!"

坐在软椅旁边的是个六十多岁的老更倌。眼花着,有主意的嘴结结巴巴地说:

"明明……天,用麻……袋背送到大江去……"

小钰是个小孩子,她说:

"不用送大江,慢慢都会送出去。"

小狗满院跑跳。我最愿意看的是它们睡觉,多是一个压着一个脖子睡,小圆肚一个个地相挤着。是凡来了熟人的时候都是往外介绍,生得好看一点的抱走了几个。

其中有一个耳朵最大,肚子最圆的小黑狗,算是我的了。我们的朋友用小提篮带回去两个,剩下的只有一个小黑狗和一个小黄狗。老狗对它两个非常珍惜起来,争着给小狗去舔绒毛。这时候,小狗在院子里已经不成群了。

我从街上回来，打开窗子。我读一本小说。那个小黄狗挠着窗纱，和我玩笑似的竖起身子来，挠了又挠。

我想：

"怎么几天没有见到小黑狗呢？"

我喊来了小钰。别的同院住的人都出来了，找遍全院，不见我的小黑狗。马路上也没有可爱的小黑狗，再也看不见它的大耳朵了！它忽然是失了踪！

又过三天，小黄狗也被人拿走。

没有妈妈的小钰向我说：

"大狗一听隔院的小狗叫，它就想起它的孩子，可是满院急寻，上楼顶去张望，最终一个都不见，它哽哽地叫呢！"

十三个小狗一个不见了！和两个月以前一样，大狗是孤独地睡在木台上。

平森的小脚，鸽子形的小脚，栖在床单上，他是睡了。我在写，我在想，玻璃窗上的三个苍蝇在飞……

原载于1933年8月13日《大同报·大同俱乐部》

第三章
快乐杂货铺

钓 鱼

鲁彦

秋天早已来了,故乡的气候却还在夏天里。

那些特殊的渔夫,便是最好的例证。

那是一些十岁以上十六岁以下的男女孩子,和十六岁以上的青年以及四五十岁的将近老年的男子。他们像埋伏的哨兵似的,从村前到村后,占据着两边弯弯曲曲的河岸。孩子们五六成群的多在埠头上蹲着,坐着,或者伏着,把头伸在水面上,窥着水中石缝间的鱼虾。他们的钓竿是粗糙的,短小的,用细小的黄铜丝做的小钩,小钩上串着黑色的小蚯蚓,用鸡毛做浮子,用细线穿着。河虾是他们唯一的目的物。有时他们的头相碰了,钓线和钓线相缠了,这个的脚踢翻了那个的虾盆,便互相詈骂起来,厮打起来。青年们三三两两的或站在河滩的浅处,或坐在水车尽头上,或蹲在船边,一面望着水面的浮子,一面时高时低地笑语着。他们的钓竿是柔软的,细长的,一节一节,青黑相间,显得特别美丽。

他们用鹅毛做浮子，用丝线穿着，用针做成钩子。钩子上串着红色的大蚯蚓。鲫鱼是他们的目的物。老年人多是单独的占据一处，坐在极小的板凳上，支着纸伞或布伞，静默得像打瞌睡似的望着水面的浮子。他们的钓竿和青年们的一样，但很少像青年们那样美丽。他们的目的物也是鲫鱼。在这三种人之外，有时还有几个中年男子，背着粗大的钓竿，每节用黄铜丝包扎着，发着闪耀的光，用粗大的弦线穿着一大串长而且粗的浮子，把弦线卷在洋纱车筒上，把车筒钉在钓竿的根上，钩子是两枚或三枚的大铁钩，用染黑的铜丝紧扎着，不用食饵。他们像巡逻兵似的在河岸上慢慢的走着，注意着水面。那里起了泡沫，他们便把钩子轻轻的放下去，等待鱼儿的误触。鲤鱼是他们的目的物。

说他们是渔夫，实际上却全不是。真正的渔夫是有着许多更有保证的方法捕捉鱼虾的。现在这群渔夫，大人们不过是因为闲散，青年们和孩子们因为感觉到兴趣浓厚罢了。有些人甚至不爱吃这些东西，钓上了，把它们养在水缸里。

我从前就是那样的一个渔夫。我不但不爱吃鱼，连闻到有些鱼的气息也要作呕的，河虾也只能勉强尝两三只，但我小时却是一个有名的善钓鱼虾的孩子。

我们的老屋在这村庄的中央，一边是桥，桥的两头是街道，正是最热闹的地方。河水由南而北，在我们的老屋的东边经过。这里的河岸都是用乱石堆嵌出来，石洞最多，河虾也最多。每年一到夏天，河水渐渐浅了，清了，从岸上可以透彻地看到近处的河底。

早晨的太阳从东边射过来，石洞口的虾便开始活泼地爬行。伏在岸上往下望，连一根一根的虾须也清晰地看得见。

这时和其他的孩子一样，我也开始忙碌了。从柴堆里选了一根最直的小竹竿，砍去了旁枝和丫杈，在煤油灯上把弯曲的竹节炙直了，拴上一截线。从屋角里找出鸡毛来，扯去了管旁的细毛，把鸡毛管剪成几分长的五截，穿在线上，加上小小的锡块，用铜丝捻成小钩，钓竿就成功了。然后在水缸旁阴湿的泥地，掘出许多黑色的小蚯蚓，用竹管或破碗装了，拿着一只小水桶，就到墙外的河岸上去。

"又要忙啦！钓来了给谁吃呀！"母亲每次总是这样的说。

但我早已笑嘻嘻地跑出了大门。

把钩子沉在岸边的水里，让虾儿们自己来上钩是很慢的，我不爱这样。我爱伏在岸上，把钓竿放下，不看浮子，单提着线，对着一个一个的石洞口，上下左右的牵动那串着蚯蚓的钩子。这样，洞内洞外的虾儿立刻就被引来了。它颇聪明，并不立刻就把串着蚯蚓的钩子往嘴里送，它只是先用大钳拨动着，作一次试验。倘若这时候浮子在水面，就现出微微的抖动，把线提起来，它便立刻放松了。但我只把线微微的牵动，引起它舍不得的欲望，它反用大钳钩紧了扯到嘴边去。但这时它也还并不往嘴里送，似在作第二次试验，把钩子一推一拉的动着，倘若浮子在水面，便跟着一上一下的浮沉起来。我只再把线牵得紧一点，它这才把钩子拉得紧紧的往嘴里送了。然而倘若凭着浮子的浮沉，是常常会脱钩的。有些聪明的虾儿常常不把钩子的尖头放进嘴里去，它们只咬着钩子的弯角处。见到这种吃法的虾子,我便把线搓动着,一紧一松的牵扯,使钩尖正对着它的嘴巴。看见它仿佛吞进去了,但也还不能立刻提起线来,有时还须把线轻轻地牵到它的反面,让钩子扎住它的嘴角,然后用力一提,它才嘶嘶嘶的弹着水,到了岸上。

把钩子从虾嘴里拿出来,把虾儿养在小水桶里,取了一条新鲜的小蚯蚓,放在左手心上,轻轻地用右手拍了两下,拍死了,便把旧的去掉,换上新的,放下水里,第二只虾子又很快的上钩了。同一个石洞里,常常住着好几只虾子,洞外又有许多游击队似的虾儿爬行着:腹上满贮着虾子的老实的雌虾,全身长着绿苔的凶狠的老虾,清洁透明的活泼的小虾。它们都一一的上了我的钩,进了我的小水桶。

"你这孩子真会钓,这许多!"大人们望了一望我的小水桶,都这样称赞说。

到了中午,我的小水桶里已经装满了。

"看你怎样吃得了!……"母亲又欢喜又埋怨的说。

她给我在饭锅里蒸了五六只,但我照例只勉强吃了一半,有时甚至咬了半只就停筷了。

到了第二天早晨,水桶里的虾儿呆的呆了,白的白了,很少能够养得活。母亲只好把它们煮熟了,送给隔壁人家吃,因为她和我姊姊是比我更不爱吃的。

"你只是给人家钓,还要我赔柴赔盐赔油葱!"她老是这样的埋怨我,"算了吧,大热天,坐在房子里不好吗?你看你面孔,你头颈,全晒黑啦!"

但我又早已拿着钓竿,蚯蚓,提着小水桶,悄悄的走到河边去了。

夏天一到,没有什么比这更快乐:空水桶出去,满水桶回来,一只大的,一只小的,一只雌的,一只雄的,嘶嘶嘶弹着水从河里提上来,上下左右叠着堆着。

直至秋天来到,天气转凉了,河水大了,虾儿们躲进石洞里,不大出来,我也就把钓竿藏了起来。但这时母亲恶狠狠的把我的钓竿折成了两三段,当柴烧了。

"还留到明年吗?一年比一年大啦,明年还要钓虾吗?明年再钓虾不给你读书啦,把你送给渔翁,一生捕鱼过活!⋯⋯"

我默默地不做声,惋惜地望着灶火中哔剥地响着的断钓竿。

待下一年的夏天到时,我的新钓竿又做成了:比上年的长,比上年的直,比上年的美丽,钓来的虾也比上年的多。母亲老是说着照样的话,老是把虾儿煮熟了送给人家吃。

十六岁那一年,我的钓竿突然比我身体高了好几尺。我要开始钓鱼了。

两个和我要好的同族的哥哥,一个叫做阿成哥,一个叫做阿华哥,替我做成了钓鱼竿,竹竿,浮子,钩子,锡块,全是他们的东西,我只拿了母亲一根丝线。做这钓竿的工厂就在阿华哥的家里,母亲全不知道。直至一切都做好了,我才背着那节节青黑相间的又粗长又柔软的钓竿,笑嘻嘻地走到家里来。

"妈……"我高兴地提高声音叫着,不说别的话。

我把背在肩上的钓竿竖起来,预备放下的时候,竿梢触着了顶上的天花板,发出悉率悉率的声音。我仿佛觉得自己长大了许多,亲手触着了天花板似的。

这时母亲从厨房里走出来了。她惊讶地呆了许久,像喜欢又像生气的瞪着眼望了望我的钓竿,又望了望我的全身。

过了一会,她的脸色渐渐沉下,显得忧郁的样子,叹了一口气,说了:

"咳!十六岁啦,看你长得多么高啦,还不学好!难道真的一生钓鱼过活吗?……"

她哽咽起来,默然走进了厨房。

我给她吓了一跳,轻轻把钓竿放下,呆了半天,不敢到厨房里去见她。过了许久,我独自走到楼上读书去了。

但钓竿就在脚下,只隔着一层楼板,仿佛它时刻在推我的脚底,使我不能安静。

第二天早饭后,趁着母亲在厨房里收拾碗筷,我终于暗地里背着我的可爱的钓竿出去了。

阿华哥正拿着锄头到邻近的屋边去掘蚯蚓,我便跟了去,分了他几条。又从他那里拿了一点糠灰,用水拌湿了走到河边,用钓竿比一比远近,试一试河水的深浅,把一团糠灰丢了下去。看着它慢慢沉下去,一路融散,在河边做了一个记号,把钓竿放在阿华哥家里,又悄悄的跑到自己的家里。

母亲似乎并没注意到钓竿已经不在家里了,但问我到哪里去跑了一趟。我用别的话支吾了开去,便到楼上大声地读了一会书。

过了一刻钟,估计着丢糠灰的地方,一定集合了许多鱼儿,我又悄悄地下了楼,溜了出去,到阿华哥家里背了我的钓竿。

这时丢过糠灰的河中,果然聚集了许多鱼儿了,从水面的泡沫,可以看得出来。它们继续不断的这里一个,那里一个,亮晶晶地珠子似的滚到了水面。单独的是鲫鱼,成群的大泡沫有着游行性的是鲤鱼,成群的细泡沫有着固定性的是甲鱼。

我把大蚯蚓拍死,串在钩子上,卷开线,往那水泡最多的地方丢了下去,然后一手提着钓竿,静静地站在岸上注视着浮子的动静。

水面平静得和镜子一样,七粒浮子有三粒沉在水中,连极细微的颤动也看得见,离开河边几尺远,虾儿和小鱼是不去的。红色的蚯蚓不是鲤鱼和甲鱼所爱吃。爱吃的只有鲫鱼。它的吃法,可以从浮子上看出来:最先,浮子轻微地有节拍地抖了几下,这是它的试验,钓竿不能动,一动,它就走了;随后水面上的浮子,一粒或半粒,沉了下去,又浮了上来,反复了几次,这是它把钩子吸进嘴边又吐了出来,钓竿仍不能动,一动,尚未深入的钩子就从它的嘴边溜脱了;最后,水面的浮子,两三粒一起的突然往下沉了下去,又即刻一起浮了上来,这是它完全把钩子吞了进去,拖着往上跑的时候,可以迅速地把竿子提起来;倘若慢了一刻,等本来沉在水下的三粒浮子也送上水面,它就已吃去了蚯蚓,脱了钩了。

我知道这一切,眼快手快,第一次不到十分钟就钓上了一条相当大的鲫鱼。但同时到底因为初试,用力过猛了一点,使钩上的鱼儿跟着钓线绕了一个极大的圆圈,倘不是立刻往后跳了几步,鱼儿又落到水面,可就脱了钩了。然而它虽然没有落在水面,却已拍的撞在石路上,给打了个半死半活。

于是我欢喜地高举着钓竿,往家里走去。鱼儿仍在钓钩上,柔软的竿尖一松一紧地颤动着,仿佛蜻蜓点水一样。

"妈!大鱼来啦!大鱼来啦!……"我大声地叫了进去。

走到檐口,抬起头来,原来母亲已经站在我右边的后方,惊讶地望着。她这静默的态度,又使我吃了一惊,一场欢喜给她打散了一大半。我也便不敢作声,呆呆地立住了。

"果然又去钓鱼啦!……"过了一会,她埋怨说,"要是大鲤鱼上了钩,把你拖下河里去怎么办呢?……"

"那不会!拖它不上来,丢掉钓竿就是!"我立刻打断她的话,回答说。我知道她对这事并不严重,便索性拿了一只小水桶,又跑出去了。

到了吃中饭的时候,我提了满满的一桶回家。下午换了一个地方,又是一满桶。

"我可不给你杀,我从来不杀生的!"母亲说。

然而我并不爱吃,鲫鱼是带着很重的河泥气的,比海鱼还难闻。我把活的养在水缸里,半死的或已死的送给了邻居。

日子多了,母亲觉得惋惜,有时便请别人来杀,叫姊姊来烤,强迫我吃,放在我的面前,说:

"自己钓上来的鱼，应该格外好吃的，也该尝一尝！要不然，我把你钓竿折断当柴烧啦！"

于是我便不得不忍住了鼻息，挟起几根鱼边的葱来，胡乱地拨碎了鱼身。待第二顿，我索性把鱼碗推开了。它的气味实在令人作呕。母亲不吃，姊姊也不吃，终于又送了人。

然而我是快活的，我的兴趣全在钓的时候。

十八岁春天，我离开家乡了。一连五六年，不曾钓过鱼，也不曾见过鱼。我把我大部分的年月消耗在干燥的沙漠似的北方。

二十四岁回到故乡，正在夏天里，河岸的两边满是一班生疏的新的渔夫。我的心突突地跳着，想做一根新的钓竿去参加，终于没有勇气。父亲母亲和周围的环境支配着我，像都告诉我说，我现在成了一个大人了，而且是一个斯文的先生，上等的人物！是不能和孩子们，粗人们一道的。只有我的十二岁的妹妹，她现在继续跟着我，成了一个有名的钓虾的人物，我跟着她去，远远地站着，穿着文绉绉的长衫，仿佛在监视着她，怕她滚下河去似的，望了一会，但也不敢久了，便匆遽地回到屋里。

直至夏天将尽，我才有了重温旧梦的机会。

那时我的姊姊带了两个孩子，搬到了离我们老屋五里外的一个地方，我到那里去做了七八天的客人。

她的隔壁是我的一个堂叔的家。我小的时候，这个堂叔是住在我们老屋隔壁的，和我最亲热，和我父亲最要好。他约莫比我大了十二三岁，据说我小的时候，就是他抱大的。我只记得我十一二岁的时候,还时常爬到他的身上骑呀背呀的玩。七八年前,因为他要在婶婶的娘家那边街上开店,他便搬了家。姊姊所以搬到那边去,也就是因为有他们在那里住着,可以照顾。

这时叔叔已经没有开店了,在种田,有了两个孩子。他是没有一点祖遗的产业的人,开店又亏了本。生活的重担使他弯了一点背,脸上起了一些皱纹,他的皮肤被太阳晒成了棕红色,完全不像六七年前的样子了。只有他的温和的笑脸,还依然和从前一样,见到我总是照样的非常亲热。他使我忘记了我已是二十几岁的大人,对他又发出孩子气来。

他屋前有一簇竹林,不大也不小,几乎根根都可以做钓鱼竿。二十几步外是一条东西横贯的河道。因为河的这边人口比较稀少,河的那边是旷野,往西五六里便是大山,所以这里显得很僻静,埠头上很少人洗衣服,河岸上很少行人,河道中也很少船只。我觉得这里是最适宜于我钓鱼了,便开始对叔叔露出欲望来。

"这一根竹子可以做钓鱼竿,叔叔!"我随意指着一根说。

叔叔笑了,他立刻知道了我的意思,摇一摇头,说:

"这根太粗啦。你要钓鱼,我给你拣一根最好的。——你从前不是很喜欢钓鱼吗?现在没事,不妨消遣消遣。"

我立刻快乐了。我告诉他,我真的想钓鱼,在外面住了这许多年,是看不见故乡这种河道的。随后我就想亲自走到竹林里去,选择一根好的。

但他立刻阻止我了:

"那里有刺,你不要进去,我给你砍吧。"

于是他拿了一把菜刀进去了。拣出来的正是一根细长柔软合宜的竹竿。随后鹅毛,钩子,锡块,他全给我到街上买了来。糠灰,丝线是他家里有的。现在只差蚯蚓了。

"我自己去掘。"我说。

"你找不到。"他说,拿了锄头,"这里只有放粪缸的附近有那种蚯蚓,我看见别人掘到过,那里太脏啦,你不要去,还是我给你去掘吧。"

他说着走了,一定要我在屋内等他。

直至一切都预备齐,我欣喜地背上新的钓竿,预备出发的时候,他又在我手中抢去了小水桶和蚯蚓碗,陪着我到了河边。随后他回去了,一会儿拿了一条小凳来。

"坐着吧,腿子要站酸的哩。"

"好吧,叔叔,你去做你的事,等一会吃我钓上来的鱼。"但他去了一会儿又来了,拿着一顶伞。

"太阳要晒黑的,张着伞好些。"他说着给我撑了开来。

"我叫你婶婶把锅子洗干净了等你的鱼,我有事去啦。"他这才真的到他的田头去了。

五六年不见,我和我的叔叔都变了样了,但我们的两颗心都没有变,甚至比以前还亲热。面前的河道虽然换了场面,但河水却更清澈平静。许久不曾钓鱼了,我的技术也还没有忘却,而且现在更知道享受故乡的田园的乐趣。一根草,一叶浮萍,一个小水泡，一撮细小的波浪，甚至水中的影子极微的颤动，我都看出了美丽，感到了无限的愉悦。我几乎完全忘记了我是在钓鱼。

一连三天，我只钓上了七八条鱼。大家说我忘记了，我真的忘记了。

"总是看着山水出神啦，他不是五六年不见这种河道了吗？"叔叔给我推想说。

只有他最知道我。

然而我们不能长聚，几天后我不但离别了他，并且离别了故乡。

又过三年回来，我不能再看见我的叔叔。他在一年前吐血死了，显然是因为负重过多之故。

从那一次到现在，十多年了，为了生活的重担，我长年在外面奔波着，中间也只回到故乡三次，多是稍住一二星期，便又走了。只有今年，却有了久住的机会。但已像战斗场中负伤的兵士似的，尝遍了太多的苦味，有了老人的思想，对一切都感到空虚。见着叔叔的两个十几岁孩子，和自己的六岁孩子，夹杂在河边许多特殊的渔夫的中间，伏着蹲着，钓虾钓鱼，熙熙攘攘，虽然也偶然感到兴趣，走过去踱了一会，但已没有从前那样的耐心，可以一天到晚在街头或河边待着。

我也已经没有欲望再在河边提着钓竿。我今日也只偶然的感到兴奋，咀嚼着过去的滋味。

选自《鲁彦散文集》，开明书店 1947 年 6 月

小麻雀

老舍

雨后，院里来了个麻雀，刚长全了羽毛。它在院里跳，有时飞一下，不过是由地上飞到花盆沿上，或由花盆上飞下来。看它这么飞了两三次，我看出来：它并不会飞得再高一些，它的左翅的几根长翎拧在一处，有一根特别的长，似乎要脱落下来。我试着往前凑，它跳一跳，可是又停住，看着我，小黑豆眼带出点要亲近我又不完全信任的神气。我想到了：这是个熟鸟，也许是自幼便养在笼中的。所以它不十分怕人。可是它的左翅也许是被养着它的或别个孩子给扯坏，所以它爱人，又不完全信任。想到这个，我忽然的很难过。一个飞禽失去翅膀是多么可怜。这个小鸟离了人恐怕不会活，可是人又那么狠心，伤了它的翎羽。它被人毁坏了，而还想依靠人，多么可怜！它的眼带出进退为难的神情，虽然只是那么个小而不美的小鸟，它的举动与表情可露出极大的委屈与为难。它是要保全它那点生命，而不晓得如何是好。对它自己与人都没有信心,而又愿找到些倚靠。它跳一跳,停一停,看着我,又不敢过来。我想拿几个饭粒诱它前来,又不敢离开,我怕小猫来扑它。可是小猫并没在院里,我很快的跑进厨房,来抓了几个饭粒。及至我回来,小鸟已不见了。我向外院跑去,小猫在影壁前的花盆旁蹲着呢。我忙去驱逐它,它只一扑,把小鸟擒住!被人养惯的小麻雀,连挣扎都不会,尾与爪在猫嘴旁搭拉着,和死去差不多。

瞧着小鸟,猫一头跑进厨房,又一头跑到西屋。我不敢紧追,怕它更咬紧了,可又不能不追。虽然看不见小鸟的头部,我还没忘了那个眼神,那个预知生命危险的眼神。那个眼神与我的好心中间隔着一只小白猫。来回跑了几次,我不追了。追上也没用了,我想,小鸟至少已半死了。猫又进了厨房,我愣了一会儿,赶紧的又追了去;那两个黑豆眼仿佛在我心内睁着呢。

进了厨房,猫在一条铁筒——冬天升火通烟用的,春天拆下来便放在厨房的墙角——旁蹲着呢。小鸟已不见了。铁筒的下端未完全扣在地上,开着一个不小的缝儿,小猫用脚往里探。我的希望回来了,小鸟没死。小猫本来才四个来月大,还没捉住过老鼠,或者还不会杀生,只是叼着小鸟玩一玩。正在这么想,小鸟,忽然出来了,猫倒像吓了一跳,往后躲了躲。小鸟的样子,我一眼便看清了,登时使我要闭上了眼。小鸟几乎是蹲着,胸离地很近,像人害肚痛蹲在地上那样。它身上并没血。身子可似乎是拳在一块,非常的短。头低着,小嘴指着地。那两个黑眼珠!非常的黑,非常的大,不看什么,就那么顶黑顶大的愣着。它只有那么一点活气,都在眼里,像是等着猫再扑它,它没力量反抗或逃避;又像是等着猫赦免了它,或是来个救星。生与死都在这俩眼里,而并不是清醒的。它是胡涂了,昏迷了,不然为什么由铁筒中出来呢?可是,虽然昏迷,到底有那么一点说不清的,生命根源的,希望。这个希望使它注视着地上,等着,等着生或死。它怕得非常的忠诚,完全把自己交给了一线的希望,一点也不动。像把生命要从两眼中流出,它不叫也不动。

小猫没再扑它,只试着用小脚碰它。它随着击碰倾侧,头不动,眼不动,还呆呆的注视着地上。但求它能活着,它就决不反抗。可是并非全无勇气,它是在猫的面前不动!我轻轻的过去,把猫抓住,将猫放在门外,小鸟还没动。我双手把它捧起来。它确是没受了多大的伤,虽然胸上落了点毛。它看了我一眼!

我没主意:把它放了吧,它准是死?养着它吧,家中没有笼子。我捧着它,好像世上一切生命都在我的掌中似的,我不知怎样好。小鸟不动,拳着身,两眼还那么黑,等着!愣了好久,我把它捧到卧室里,放在桌子上,看着它,它又愣了半天,忽然头向左右歪了歪,用它的黑眼睁了一下;又不动了,可是身子长出来一些,还低头看着,似乎明白了点什么。

原载于1934年10月《文学评论》第1卷第2期

踢毽子

汪曾祺

我们小时候踢毽子,毽子都是自己做的。选两个小钱(制钱),大小厚薄相等,轻重合适,叠在一起,用布缝实,这便是毽子托。在毽托一面,缝一截鹅毛管,在鹅毛管中插入鸡毛,便是一只毽子。鹅毛管不易得,把鸡毛直接缝在毽托上,把鸡毛根部用线缠缚结实,使之向上直挺,较之插于鹅毛管中者踢起来尤为得劲。鸡毛须是公鸡毛,用母鸡毛做毽子的,必遭人笑话,只有刚学踢毽子的小毛孩子才这么干。鸡毛只能用大尾巴之前那一部分,以够三寸为合格。鸡毛要"活"的,即从活公鸡的身上拔下来的,这样的鸡毛,用手抹煞几下,往墙上一贴,可以粘住不掉。死鸡毛粘不住。后来我明白,大概活鸡毛经抹煞会产生静电。活鸡毛做的毽子毛茎柔软而有弹性,踢起来飘逸潇洒。死鸡毛做的毽子踢起来就发死发僵。鸡毛里讲究要"金绒帚子白绒哨子",即从五彩大公鸡身上拔下来的,毛的末端乌黑闪金光,下面的绒毛雪白。次一等的是芦花鸡毛。赭石的、土黄的，就更差了。我们那里养公鸡的人家很多，入了冬，快腌风鸡了，这时正是公鸡肥壮，羽毛丰满的时候，孩子们早就"贼"上谁家的鸡了，有时是明着跟人家要，有时乘没人看见，摁住一只大公鸡，噌噌拔了两把毛就跑。大多数孩子的书包里面都有一两只足以自豪的毽子。踢毽子是乐事，做毽子也是乐事。一只"金绒帚子白绒哨子"，放在桌上看看，也是挺美的。

我们那里毽子的踢法很复杂，花样很多。有小五套，中五套，大五套。小五套是"扬、拐、尖、托、笃"，是用右脚的不同部位踢的。中五套是"偷、跳、舞、环、踩"，也是用右脚踢，但以左脚做不同的姿势配合。大五套则是同时运用两脚踢，分"对、岔、绕、掼、挏"。小五套技术比较简单，运动量较小，一般是女生踢的。中五套较难，大五套则难度很大，运动量也很大。要准确地描述这些踢法是不可能的。这些踢法的名称也是外地人所无法理解的，连用通用的汉字写出来都困难。如"舞"读"吴"，"掼"读四声kuàn，"笃"和"挏"都读入声。这些名称当初不知是怎么确立的。我走过一些地方，都没有见到毽子有这样多的踢法。也许在我没有到过的地方，毽子还有更多的踢法。我希望能举办一次全国毽子表演，看看中国的毽子到底有多少种踢法。

踢毽子总是要比赛的。可以单个地赛。可以比赛单项，如"扬"踢多少下，到踢不住为止；对手照踢，以踢多少下定胜负。也可以成套比赛，从"扬、拐、尖、托、笃"、"偷、跳、舞、环、踩"

踢到"对、岔、绕、掼、挝"。也可以分组赛。组员由主将临时挑选,踢时一对一,由弱至强,最弱的先踢,最后主将出马,累计总数定胜负。

踢毽子也有名将,有英雄。我有个堂弟曾在县立中学踢毽子比赛中得过冠军。此人从小爱玩,不好好读书,常因国文不及格被一个姓高的老师打手心,后来忽然发愤用功,现在是全国有名的心脏外科专家。他比我小一岁,也已经是抱了孙子的人了,现在大概不会再踢毽子了。我们县有一个姓谢的,能在井栏上转着圈子踢毽子。这可是非常危险的事,重心稍一不稳,就会扑通一声掉进井里!

毽子还有一种大集体的踢法,叫做"嗨(读第一声)卯"。一个人"喂卯"——把毽子扔给嗨卯的,另一个人接到,把毽子使劲向前踢去,叫做"嗨"。嗨得极高,极远,嗨卯只能"扬"——用右脚里侧踢,别种踢法踢不到这样高,这样远。下面有一大群人,见毽子飞来,就一齐纵起身来抢这只毽子。谁抢着了,就有资格等着接递原嗨卯的去嗨。毽子如被喂卯的抢到,则他就可上去充当嗨卯的。嗨卯的就下来喂卯。一场嗨卯,全班同学出动,喊叫喝彩,热闹非常。课间十分钟,一会儿就过去了。

踢毽子是冬天的游戏。刘侗《帝京景物略》云"杨柳死,踢毽子",大概全国皆然。

踢毽子是孩子的事,偶尔见到近二十边上的人还踢,少。北京则有老人踢毽子。有一年,下大雪,大清早,我去逛天坛,在天坛门洞里见到几位老人踢毽子。他们之中最年轻也有六十多了。他们轮流传递着踢，一个传给一个，那个接过来，踢一两下，传给另一个。"脚法"大都是"扬"，间或也来一下"跳"。我在旁边也看了五分钟，毽子始终没有落到地下。他们大概是"毽友"，经常，也许是每天在一起踢。老人都腿脚利落，身板挺直，面色红润，双眼有光。大雪天，这几位老人是一幅画，一首诗。

原载于1988年7月12日《中国体育报》

五猖会

鲁迅

孩子们所盼望的，过年过节之外，大概要数迎神赛会的时候了。但我家的所在很偏僻，待到赛会的行列经过时，一定已在下午，仪仗之类，也减而又减，所剩的极其寥寥。往往伸着颈子等候多时，却只见十几个人抬着一个金脸或蓝脸红脸的神像匆匆地跑过去。于是，完了。

我常存着这样的一个希望：这一次所见的赛会，比前一次繁盛些。可是结果总是一个"差不多"；也总是只留下一个纪念品，就是当神像还未抬过之前，化一文钱买下的，用一点烂泥，一点颜色纸，一枝竹签和两三枝鸡毛所做的，吹起来会发出一种刺耳的声音的哨子，叫作"吹都都"的，叱叱地吹它两三天。

现在看看《陶庵梦忆》，觉得那时的赛会，真是豪奢极了，虽然明人的文章，怕难免有些夸大。因为祷雨而迎龙王，现在也还有的，但办法却已经很简单，不过是十多人盘旋着一条龙，以及村童们扮些海鬼。那时却还要扮故事，而且实在奇拔得可观。他记扮《水浒传》中人物云："……于是分头四出，寻黑矮汉，寻梢长大汉，寻头陀，寻胖大和尚，寻茁壮妇人，寻姣长妇人，寻青面，寻歪头，寻赤须，寻美髯，寻黑大汉，寻赤脸长须。大索城中；无，则之郭，之村，之山僻，之邻府州县。用重价聘之，得三十六人，梁山泊好汉，个个呵活，臻臻至至，人马称娖而行。……"这样的白描的活古人，谁能不动一看的雅兴呢？可惜这种盛举，早已和明社一同消灭了。

赛会虽然不像现在上海的旗袍，北京的谈国事，为当局所禁止，然而妇孺们是不许看的，读书人即所谓士子，也大抵不肯赶去看。只有游手好闲的闲人，这才跑到庙前或衙门前去看热闹；我关于赛会的知识，多半是从他们的叙述上得来的，并非考据家所贵重的"眼学"。然而记得有一回，也亲见过较盛的赛会。开首是一个孩子骑马先来，称为"塘报"；过了许久，"高照"到了，长竹竿揭起一条很长的旗，一个汗流浃背的胖大汉用两手托着；他高兴的时候，就肯将竿头放在头顶或牙齿上，甚而至于鼻尖。其次是所谓"高跷""抬阁""马头"了；还有扮犯人的，红衣枷锁，内中也有孩子。我那时觉得这些都是有光荣的事业，与闻其事即全是大有运气的人，——大概羡慕他们的出风头罢。我想，我为什么不生一场重病，使我的母亲也好到庙里去许下一个"扮犯人"的心愿呢？……然而我到现在终于没有和赛会发生关系过。

要到东关看五猖会去了。这是我儿时所罕逢的一件盛事。因为那会是全县中最盛的会,东关又是离我家很远的地方,出城还有六十多里水路,在那里有两座特别的庙。一是梅姑庙,就是《聊斋志异》所记,室女守节,死后成神,却篡取别人的丈夫的;现在神座上却塑着一对少年男女,眉开眼笑,殊与"礼教"有妨。其一便是五猖庙了,名目就奇特。据有考据癖的人说:这就是五通神。然而也并无确据。神像是五个男人,也不见有什么猖獗之状;后面列坐着五位太太,却并不"分坐",远不及北京戏园里界限之谨严。其实呢,这也是殊与"礼教"有妨的,——但他们既然是五猖,便也无法可想,而且自然也就"又作别论"了。

因为东关离城远,大清早大家就起来。昨夜预定好的三道明瓦窗的大船,已经泊在河埠头,船椅,饭菜,茶炊,点心盒子,都在陆续搬下去了。我笑着跳着,催他们要搬得快。忽然,工人的脸色很谨肃了,我知道有些蹊跷,四面一看,父亲就站在我背后。

"去拿你的书来。"他慢慢地说。

这所谓"书",是指我开蒙时候所读的《鉴略》,因为我再没有第二本了。我们那里上学的岁数是多拣单数的,所以这使我记住我其时是七岁。

我忐忑着,拿了书来了。他使我同坐在堂中央的桌子前,教我一句一句地读下去。我担着心,一句一句地读下去。

两句一行,大约读了二三十行罢,他说:

"给我读熟。背不出,就不准去看会。"

他说完,便站起来,走进房里去了。

我似乎从头上浇了一盆冷水。但是,有什么法子呢?自然是读着,读着,强记着,——而且要背出来。

粤自盘古,生于太荒,
首出御世,肇开混茫。

就是这样的书,我现在只记得前四句,别的都忘却了;那时所强记的二三十行,自然也一齐忘却在里面了。记得那时听人说,读《鉴略》比读《千字文》《百家姓》有用得多,因为可以知道从古到今的大概。知道从古到今的大概,那当然是很好的,然而我一字也不懂。"粤自盘古"就是"粤自盘古",读下去,记住它,"粤自盘古"呵!"生于太荒"呵!……

应用的物件已经搬完,家中由忙乱转成静肃了。朝阳照着西墙,天气很清朗。母亲,工人,长妈妈即阿长,都无法营救,只默默地静候着我读熟,而且背出来。在百静中,我似乎头里要伸出许多铁钳,将什么"生于太荒"之流夹住;也听到自己急急诵读的声音发着抖,仿佛深秋的蟋蟀,在夜中鸣叫似的。

他们都等候着;太阳也升得更高了。

我忽然似乎已经很有把握,便即站了起来,拿书走进父亲的书房,一气背将下去,梦似的就背完了。

"不错,去罢。"父亲点着头,说。

大家同时活动起来,脸上都露出笑容,向河埠走去。工人将我高高地抱起,仿佛在祝贺我的成功一般,快步走在最前头。

　　我却并没有他们那么高兴。开船以后,水路中的风景,盒子里的点心,以及到了东关的五猖会的热闹,对于我似乎都没有什么大意思。

　　直到现在,别的完全忘却,不留一点痕迹了,只有背诵《鉴略》这一段,却还分明如昨日事。

　　我至今一想起,还诧异我的父亲何以要在那时候叫我来背书。

原载于 1926 年 6 月 10 日《莽原》半月刊第 1 卷第 11 期

放　猖

废名

故乡到处有五猖庙，其规模比土地庙还要小得多，土地庙好比是一乘轿子，与之比例则五猖庙等于一个火柴匣子而已。猖神一共有五个，大约都是士兵阶级，在春秋佳日，常把他们放出去"猖"一下，所以驱疫也。"猖"的意思就是各处乱跑一阵，故做母亲的见了自己的孩子应归家时未归家，归家了乃责备他道："你在那里'猖'了回来呢？"猖神例以壮丁扮之，都是自愿的，不但自愿而已，还要拿出诚敬来"许愿"，愿做三年猖兵，即接连要扮三年。有时又由小孩子扮之，这便等于额外兵，是父母替他许愿，当了猖兵便可以没有灾难，身体健康。我当时非常之羡慕这种小猖兵，心想我家大人何以不让我来做一个呢？猖兵赤膊，着黄布背心，这算是制服，公备的。另外谁做猖谁自己得去借一件女裤穿着，而且必须是红的。

我当时跟着已报名而尚未入伍的猖兵沿家逐户借裤。因为是红裤，故必借之于青年女子，我略略知道他和她在那里说笑话了，近于讲爱情了，不避我小孩子。装束好了以后，即是黄背心，红裤，扎裹腿，草鞋，然后再来"打脸"。打脸即是画花脸，这是我最感兴趣的，看着他们打脸，羡慕已极，其中有小猖兵，更觉得天下只有他们有地位了，可以自豪了，像我这天生的，本来如此的脸面，算什么呢？打脸之后，再来"练猖"，即由道士率领着在神前（在乡各村，在城各门，各有其所祀之神，不一其名）画符念咒，然后便是猖神了，他们再没有人间的自由，即是不准他们说话，一说话便要肚子痛的。这也是我最感兴趣的，人间的自由本来莫过于说话，而现在不准他们说话，没有比这个更显得他们已经是神了。他们不说话，他们已经同我们隔得很远，他们显得是神，我们是人是小孩子，我们可以淘气，可以嬉笑着逗他们，逗得他们说话，而一看他们是花脸，这其间便无可奈何似的，我们只有退避三舍了，我们简直已经不认得他们了。何况他们这时手上已经拿着叉，拿着叉当郎当郎的响，真是天兵天将模样了。

　　说到叉，是我小时最喜欢的武器，叉上串有几个铁轮，拿着把柄一上一下郎当着。那个声音把小孩子的什么话都说出了，便是小孩子的欢喜。我最不会做手工，我记得我曾做过叉，以吃饭的筷子做把柄，其不讲究可知，然而是我的创作了。我的叉的铁轮是在城里一个高坡上（我家住在城里）拾得的洋铁屑片剪成的。在练猖一幕之后，才是名副其实的放猖，即由一个凡人（同我一样别无打扮，又可以自由说话，故我认他是凡人）拿了一面大锣敲着，在前面率领着，拼命地跑着，沿家逐户地跑着，每家都得升堂入室，被爆竹欢迎着，跑进去，又跑出来，不大的工夫在乡一村在城一门家家跑遍了。我则跟在后面喝彩。其实是心里羡慕，这时是羡慕天地间唯一的自由似的。

羡慕他们跑，羡慕他们的花脸，羡慕他们的叉响，不觉之间仿佛又替他们寂寞——他们不说话！其实我何尝说一句呢？然而我的世界热闹极了，放猖的时间总在午后，到了夜间则是"游猖"，这时不是跑，是抬出神来，由五猖护着，沿村或沿街巡视一遍，灯烛辉煌，打锣打鼓还要吹喇叭，我的心里却寂寞之至，正如过年到了元夜的寂寞，因为游猖接着就是"收猖"了，今年的已经完了。

到了第二天，遇见昨日的猖兵时，我每每把他从头至脚打量一番，仿佛一朵花已经谢了，他的奇迹都到那里去了呢？尤其是看着他说话，他说话的语言太是贫穷了，远不如不说话。

原载于1947年2月26日《中国新报·文林》第370期

打弹子

朱湘

　　打弹子最好是在晚上。一间明亮的大房子，还没有进去的时候，已经听到弹子相碰的清脆声音。进房之后，看见许多张紫木的长台平列排着，鲜红的与粉白的弹子在绿色的呢毯上滑走。整个台子在雪亮的灯光下照得无微不见，连台子四围上边嵌镶的菱形螺钿都清晰的显出。许多的弹竿笔直的竖在墙上。衣钩上面有帽子，围巾，大氅。还有好几架钟，每架下面是一个算盘——听哪，"答拉"一声，正对着门的那个算盘上面，一下总加了有二十开外的黑珠。计数的伙计一个个站在算盘的旁边。

　　也有伙计陪着单身的客人打弹子。这样的伙计有两种，一种是陪已经打得很好的熟客打，一种是陪才学的生客打。陪熟客打的，一面低了头运用竿子，一面向客人嬉笑地说："你瞅吧！这竿儿再赶不上你，这碗儿饭就不吃啦！"陪生客打的，看见客人比了大半天，竿子总抽上了有十来趟，归根还是打在第一个弹子的正面就不动了，他看着时候，说不定心里满觉得这位客人有趣，但是脸上决不露出一丝笑容，只随便的带说一句："你这球要低竿儿打红奔白就得啦。"

打弹子的人有穿灰色爱国布罩袍的学生，有穿藏青花呢西服的教员，有穿礼服呢马褂淡青哔叽面子羊皮袍的衙门里人。另有一个，身上是浅色花缎的皮袍，左边的袖子撸了起来，露出细泽的灰鼠里子，并且左手的手指上还有一只耀目的金戒指。这想必是富商的儿子罢。这些人里面，有的面呈微笑，正打眼着"眼镜"；有的把竿子放去背后，作出一个优美的姿势来送它；有的这竿已经有了，右掌里握着的竿子从左手手面上顺溜的滑过去，打的人的身子也跟着灵动的扭过，再准备打下一竿。

"您来啦！您来啦！"伙计们在我同子离掀开青布棉花帘子的时候站起身，来把我们的帽子接了过去。"喝茶？龙井，香片？"

弹子摆好了，外面一对白的，里面一对红的。我们用粉块擦了一擦竿子的头，开始游戏了。

这些红的、白的弹子在绿呢上无声的滑走，很像一间宽敞的厅里绿毡毹上面舞蹈着的轻盈的美女。她披着鹅毛一样白的衣裳，衣裳上面绣的是金线的牡丹，柔软的细腰上系着一条满缀宝石的红带，头发扎成一束披在背后，手中握着一对孔雀毛，脚上穿的是一双红色的软鞋。脚尖矫捷的在绿毡毹上轻点着，一刻来了厅的这方，一刻去了厅的那方，一点响声也听不出，只偶尔有衣裳的窸窣，环佩的丁当，好像是替她的舞蹈接着拍子一样。

这些白的、红的弹子在绿呢上活泼的驰行，很像一片草地上有许多盛服的王孙公子围着观看的一双斗鸡。它们头顶上戴的是血一般红的冠。它们弯下身子，拱起颈，颈上的一圈毛都耸了起来，尾巴的翎毛也一片片的张开。它们一刻退到后头，把身体蜷伏起来，一刻又奔上前去，把两扇翅膀张开，向敌人扑啄。四围的人看得呆了，只在得胜的鸡骄扬的叫出的时候，他们才如梦初醒，也跟着同声的欢呼起来。

弹子在台上盘绕，像一群红眼珠的白鸽在蔚蓝的天空上面飘扬。弹子在台上旋转，像一对红眼珠的白鼠在方笼的架子上面翻身。弹子在台上溜行，像一只红眼珠的白兔在碧绿的草原上面飞跑。

还记得是三年前第一次跟了三哥学打弹子，也是在这一家。现在我又来这里打弹子了，三哥却早已离京他往。在这种乱的时世，兄弟们又要各自寻路谋生，离合是最难预说的了；不知还要多少年，才能兄弟聚首，再品一盘弹子呢？

正这样想着的时候，看见一对夫妇，同两个二十左右的女子，带着三个小孩子，一个老妈子，进来了球房：原来是夫妻俩来打弹子的。他们开盘以后，小孩子们一直站在台子旁边看热闹，并且指东问西，嘴说手画，兴头之大，真不下似当局的人。问的没有得到结果的时候，还要牵住母亲的裙子或者抓住她的弹竿唠叨地尽缠；被父亲呵了几句，才暂时静下一刻，但是不到多久，又哄起来了。

事情凑巧：有一次轮到父亲打，他的白球在他自己面前，别的三个都一齐靠在小孩子们站的这面的边上，并且聚拢在一起，正好让他打五分的，那晓得这三个孩子看见这些弹子颜色鲜明得可爱，并且圆溜溜的好玩，都伸出双手踮起脚尖来抢着抓弹子，有一个孩子手掌太小，一时抓不起弹子来，他正在抓着的时候，父亲的弹子已经打过来了，手指上面打中一下，痛得呱呱的大哭起来。老妈子看到，赶紧跑过来把他抱去了茶几旁边，拿许多糖果哄他止哭。那两个孩子看见父亲的神气不对，连忙双手把弹子放回原处，也悄悄的偷回去茶几旁边坐下了。母亲连忙说："一个孩子已经够嚷的啦。咱们打球吧。"父亲气也不好，不气也不好，狠狠的盯了那两个孩子一眼，盯得他们在椅子上面直扭，他又开始打他的弹子了。

在这个当儿，子离正向我谈着"弹子经"。他说："打得妙的时候，一竿子可以打上整千。"他看见我的嘴张了一张，连忙接着说下，"他们功夫到家的妙在能把四个球都赶上一个台角里边去，而后轻轻的慢慢的尽碰。"我说："这未免太不'武'了！大来大往，运用一些奇兵，才是我们的本色！"子离笑了一笑，不晓得他到底是赞成我的议论呀还是不赞成。其实，我自己遇到了这种机会的时候，也不肯轻易放过，所惜本领不高，只能连个几竿罢了。

我们一面自己打着弹子，一面看那对夫妇打。大概是他们极其客气，两人都不愿占先的缘故，所以结果是算盘上的黑珠有百分之八十都还在右头。我向四围望了一眼，打弹子的都是男人，女子打的只这一个，并且据我过去的一点经验而言，女子上球房我这还是第一次看见。我想了一想，不觉心里奇怪起来："女子打弹子，这是多么美的一件事！毡氄的平滑比得上她们肤容的润泽，弹竿的颀长比得上她们身段的苗条；弹子的红像她们的唇，弹子的白像她们的脸;她们的眼珠有弹丸的流动,她们的耳珠有弹丸的匀圆。网球在女界通行了,连篮球都在女界通行了,为什么打弹子这最美的、最适于女子玩耍的、最能展露出她们身材的曲线美的一种游戏反而被她们忽视了呢?"那晓得我这样替弹子游戏抱着不平的时候,反把自己的事情耽误了,原来我这样心一分,打得越坏,一刻工夫已经被子离赶上去半趟,总共是多我一趟了。

现在已经打了很久了,歇下来看别人打的时候,自家的脑子里面都是充满着角度的纵横的线。我坐在茶几旁边,把我的眼睛所能见到的东西都拿来心里面比量,看要用一个什么角度才能打着。在这些腹阵当中,子离口嚼的烟斗都没有逃去厄难。有一次我端起茶杯来的时候曾经这样算过:"这茶杯作为我的球,高竿,薄球,一定可以碰茶壶,打到那个人头上的小瓜皮帽子。不然,厚一点,就打对面墙上那架钟。"

钟上的计时针引起了我的注意,现在时间已经不早了。我向子离说:"这个半点打完,我们走吧。"

"三点!一块找!要辅币!毛巾!……谢谢您,您走啦!您走啦!"

临走出球房的时候,听到那一对夫妻里面的妻子说:"有啦!打白碰到红啦!"丈夫提出了异议,但是旁观的两个女郎都帮她:"嫂嫂有啦!哥哥别赖!"

选自《中书集》,生活书店 1934 年 10 月

捅马蜂窝

冯骥才

爷爷的后院虽小，它除去堆放杂物，很少人去，里边的花木从不修剪，快长疯了！枝叶纠缠，阴影深浓，却是鸟儿、蝶儿、虫儿们生存和嬉戏的一片乐土，也是我儿时的乐园。我喜欢从那爬满青苔的湿漉漉的大树干上，取下一只又轻又薄的蝉衣，从土里挖出筷子粗肥大的蚯蚓，把团团飞舞的小蠓虫赶到蜘蛛网上去。那沉甸甸压弯枝条的海棠果，个个都比市场买来的大。这里，最壮观的要数爷爷窗檐下的马蜂窝了，好像倒垂的一只大莲蓬，无数金黄色的马蜂爬进爬出，飞来飞去，不知忙些什么，大概总有百十只之多，以至爷爷不敢开窗子，怕它们中间哪个冒失鬼一头闯进屋来。

"真该死，屋子连透透气儿也不能，哪天请人来把这马蜂窝捅下来！"奶奶总为这个马蜂窝生气。

"不行，要蜇死人的！"爷爷说。

"怎么不行?头上蒙块布,拿竹竿一捅就下来。"奶奶反驳道。

"捅不得,捅不得。"爷爷连连摇手。

我站在一旁,心里却涌出一种捅马蜂窝的强烈欲望。那多有趣!当我给这个淘气的欲望鼓动得难以抑制时,就找来妹妹,乘爷爷午睡的当儿,悄悄溜到从走廊通往后院的小门口。我脱下褂子蒙住头顶,用扣上衣扣儿的前襟遮盖下半张脸,只露一双眼。又把两根竹竿接绑起来,作为捣毁马蜂窝的武器。我和妹妹约定好,她躲在门里,把住关口,待我捅下马蜂窝,赶紧开门放我进来,然后把门关住。

妹妹躲在门缝后边,眼瞧我这非凡而冒险的行动。我开始有些迟疑,最后还是好奇战胜了胆怯。当我的竿头触到蜂窝的一刹那,好像听到爷爷在屋内呼叫,但我已经顾不得别的。一些受惊的马蜂轰地飞起来,我赶紧用竿头顶住蜂窝使劲摇撼两下,只听"通",一个沉甸甸的东西掉下来,跟着一团黄色的飞虫腾空而起,我扔掉竿子往小门那边跑。谁料到妹妹一害怕,把门在里边插上,她跑了,将我关在门外。我一回头,只见一只马蜂径直而凶猛地朝我扑来,好像一架燃料耗尽、决心相撞的战斗机。这复仇者不顾一切而拼死的气势使我惊呆了。我抬手想挡住脸,只觉眉心像被针扎似的剧烈地一疼,挨蜇了!我捂着脸大叫。不知道谁开门把我拖进屋。

当夜,我发了高烧。眉心处肿起一个枣大的疙瘩,自己都能用眼瞧见。家里人轮番用了醋、酒、黄酱、万金油和凉手巾把儿,也没能使我那肿疮迅速消下去。转天请来医生，打针吃药，七八天后才渐渐复愈。这一下可不轻呢！我生病也没有过这么长时间，以致消肿后的几天里不敢到那通向后院的小走廊上去，生怕那些马蜂还守在小门口等着我。

过了些天，惊恐稍定，我去爷爷的屋子，他不在，隔窗看见他站在当院里，摆手召唤我去，我大着胆子走了。爷爷手指窗根处叫我看，原来是我捅掉的那个蜂窝，却一只马蜂也不见了，好像一只丢弃的干枯的大莲蓬头。爷爷又指了指我的脚下，一只马蜂！我惊吓得差点叫起来，慌忙跳开。

"怕什么，它早死了！"爷爷说。

仔细一瞧，噢，原来是死的。仰面朝天躺在地上，几只黑蚂蚁在它身上爬来爬去。

爷爷说：

"这就是蜇你的那只马蜂。马蜂就是这样，你不惹它，它不蜇你。它要是蜇了你，自己也就死了。"

"那它干吗还要蜇我呢，它不就完了吗？"

"你毁了它的家，它当然不肯饶你。它要拼命的！"爷爷说。

我听了心里暗暗吃惊。一只小虫竟有这样的激情和勇气。低头再瞧瞧这只马蜂，微风吹着它，轻轻颤动，好似活了一般。我不禁想起那天它朝我猛扑过来时那副视死如归的架势，与毁坏它们生活的人拼出一死，真像一个英雄……我面对这壮烈牺牲的小飞虫的尸体，似乎有种罪孽感沉重地压在我心上。

那一窝马蜂呢，无家可归的一群呢，它们还会不会回来重建家园？我甚至想用胶水把这只空空的蜂窝粘上去。

这一年，我经常站在爷爷的后院里，始终没有等来一只马蜂。

转年开春，有两只马蜂飞到爷爷的窗檐下，落到被晒暖的木窗框上，然后还在过去的旧窠的残迹上爬了一阵子，跟着飞去而不再来。空空又是一年。

第三年，风和日丽之时，爷爷忽叫我抬头看，隔着窗玻璃看见窗檐下几只赤黄色的马蜂忙来忙去。在这中间，我忽然看到，一个小巧的、银灰色的、第一间蜂窝已经筑成了。

于是，我和爷爷面对面开颜而笑，笑得十分舒心。我不由得暗暗告诉自己：再不做一件伤害旁人的事。

选自《珍珠鸟》，上海文艺出版社 1987 年 7 月

第四章
到日光下走走

一片阳光

林徽因

放了假,春初的日子松弛下来。将午未午时候的阳光,澄黄的一片,由窗棂横浸到室内,晶莹地四处射。

我有点发怔,习惯地在沉寂中惊讶我的周围。我望着太阳那湛明的体质,像要辨别它那交织绚烂的色泽,追逐它那不着痕迹的流动。看它洁净地映到书桌上时,我感到桌面上平铺着一种恬静,一种精神上的豪兴,情趣上的闲逸;即或所谓"窗明几净",那里默守着神秘的期待,漾开诗的气氛。

那种静,在静里似可听到那一处玲琮的泉流,和着仿佛是断续的琴声,低诉着一个幽独者自娱的音调。

看到这同一片阳光射到地上时,我感到地面上花影浮动,暗香吹拂左右,人随着响午的光霭花气在变幻,那种动,柔谐婉转有如无声音乐,令人悠然轻快,不自觉地脱落伤愁。至多,在舒扬理智的客观里使我偶一回头,看看过去幼年记忆步履所留的残迹，有点儿惋惜时间；微微怪时间不能保存情绪，保存那一切情绪所曾流连的境界。

倚在软椅上不但奢侈，也许更是一种过失，有闲的过失。但东坡的辩护："懒者常似静，静岂懒者徒"，不是没有道理。如果此刻不倚榻上而"静"，则方才情绪所兜的小小圈子便无条件地失落了去！人家就不可惜它，自己却实在不能不感到这种亲密的损失的可哀。

就说它是情绪上的小小旅行吧，不走并无不可，不过走走未始不是更好。归根说，我们活在这世上到底最珍惜一些什么？果真珍惜万物之灵的人的活动所产生的种种，所谓人类文化？这人类文化到底又靠一些什么？

我们怀疑或许就是人身上那一撮精神同机体的感觉，生理心理所共起的情感，所激发出的一串行为，所聚敛的一点智慧——那么一点点人之所以为人的表现。

宇宙万物客观的本无所可珍惜，反映在人性上的山川草木禽兽才开始有了秀丽，有了气质，有了灵犀。反映在人性上的人自己更不用说。没有人的感觉，人的情感，即便有自然，也就没有自然的美，质或神方面更无所谓人的智慧，人的创造，人的一切生活艺术的表现！

这样说来，谁该鄙弃自己感觉上的小小旅行？为壮壮自己胆子，我们更该相信唯其人类有这类情绪的驰骋，实际的世间才赓续着产生我们精神所寄托的文物精萃。

此刻我竟可以微微一咳嗽，乃至于用播音的圆润口调说：我们既然无疑的珍惜文化，即尊重盘古到今种种的艺术——无论是抽象的思想的艺术，或是具体的驾驭天然材料另创的非天然形象——则对于艺术所由来的渊源，那点点人的感觉，人的情感智慧（通称人的情绪），又当如何地珍惜才算合理？

但是情绪的驰骋，显然不是诗或画或任何其他艺术建造的完成。这驰骋此刻虽占了自己生活的若干时间，却并不在空间里占任何一个小小位置！这个情形自己需完全明了。此刻它仅是一种无踪迹的流动，并无栖身的形体。它或含有各种或可捉摸的素质，但是好奇地探讨这个素质而具体要表现它的差事，无论其有无意义，除却本人外，别人是无能为力的。

我此刻为着一片清婉可喜的阳光，分明自己在对内心交流变化的各种联想发生一种兴趣的注意，换句话说，这好奇与兴趣的注意已是我此刻生活的活动。一种力量又迫着我来把握住这个活动，而设法表现它，这不易抑制的冲动，或即所谓艺术冲动也未可知！

只记得冷静的杜工部散散步，看看花，也不免会有"江上被花恼不彻，无处告诉只颠狂"的情绪上一片紊乱！玲珑煦暖的阳光照人面前，那美的感人力量就不减于花，不容我生硬地自己把情绪分划为有闲与实际的两种，而权其轻重，然后再决定取舍的。我也只有情绪上的一片紊乱。

情绪的旅行本偶然的事，今天一开头并为着这片春初晌午的阳光，现在也还是为着它。房间内有两种豪侈的光常叫我的心绪紧张如同花开，趁着感觉的微风，深浅零乱于冷智的枝叶中间。一种是烛光，高高的台座，长垂的烛泪，熊熊红焰当帘幕四下时各处光影掩映。那种闪烁明艳，雅有古意，明明是画中景象，却含有更多诗的成分。另一种便是这初春晌午的阳光，到时候有意无意的大片子洒落满室，那些窗棂栏板几案笔砚浴在光霭中，一时全成了静物图案；再有红蕊细枝点缀几处，室内更是轻香浮溢，叫人俯仰全触到一种灵性。

这种说法怕有点会发生误会，我并不说这片阳光射入室内，需要笔砚花香那些儒雅的托衬才能动人，我的意思倒是：室内顶寻常的一些供设，只要一片阳光这样又幽娴又洒脱地落在上面，一切都会带上另一种动人的气息。

这里要说到我最初认识的一片阳光。那年我六岁，记得是刚刚出了水珠以后——水珠即寻常水痘，不过我家乡的话叫它做水珠。当时我很喜欢那美丽的名字，忘却它是一种病，因而也觉到一种神秘的骄傲。只要人过我窗口问问出"水珠"么？我就感到一种荣耀。那个感觉至今还印在脑子里。也为这个缘故，我还记得病中奢侈的愉悦心境。虽然同其他多次的害病一样，那次我仍然是孤独的被囚禁在一间房屋里休养的。那是我们老宅子里最后的一进房子；白粉墙围着小小院子，北面一排三间，当中夹着一个开敞的厅堂。我病在东头娘的卧室里。西头是婶婶的住房。娘同婶永远要在祖母的前院里行使她们女人们的职务的，于是我常是这三间房屋唯一留守的主人。

在那三间屋子里病着，那经验是难堪的。时间过得特别慢，尤其是在日中毫无睡意的时候。起初，我仅集注我的听觉在各种似脚步，又不似脚步的上面。猜想着，等候着，希望着人来。间或听听隔墙各种琐碎的声音，由墙基底下传达出来又消敛了去。过一会儿，我就不耐烦了——不记得是怎样的，我就蹑着鞋，捱着木床走到房门边。房门向着厅堂斜斜地开着一扇，我便扶着门框好奇地向外探望。

那时大概刚是午后两点钟光景，一张刚开过饭的八仙桌，异常寂寞地立在当中。桌下一片由厅口处射进来的阳光，泄泄融融地倒在那里。一个绝对悄寂的周围伴着这一片无声的金色的晶莹，不知为什么，忽使我六岁孩子的心里起了一次极不平常的振荡。

那里并没有几案花香，美术的布置，只是一张极寻常的八仙桌。如果我的记忆没有错，那上面在不多时间以前，是刚陈列过咸鱼、酱菜一类极寻常俭朴的午餐的。小孩子的心却呆了。或许两只眼睛倒张大一点，四处地望，似乎在寻觅一个问题的答案。为什么那片阳光美得那样动人？我记得我爬到房内窗前的桌子上坐着，有意无意地望望窗外，院里粉墙疏影同室内那片金色和煦绝然不同趣味。顺便我翻开手边娘梳妆用的旧式镜箱，又上下摇动那小排状抽屉，同那刻成花篮形的小铜坠子，不时听雀跃过枝清脆的鸟语。心里却仍为那片阳光隐着一片模糊的疑问。

时间经过二十多年，直到今天，又是这样一泄阳光，一片不可捉摸，不可思议流动的而又恬静的瑰宝，我才明白我那问题是

123

永远没有答案的。事实上仅是如此：一张孤独的桌，一角寂寞的厅堂。一只灵巧的镜箱，或窗外断续的鸟语，和水珠——那美丽小孩子的病名——便凑巧永远同初春静沉的阳光整整复斜斜地成了我回忆中极自然的联想。

原载于 1946 年 11 月 24 日《大公报·文艺》

秋光中的西湖

庐隐

我像是负重的骆驼般,终日不知所谓地向前奔走着。突然心血来潮,觉得这种不能喘气的生涯,不容再继续了,因此便决定到西湖去,略事休息。

在匆忙中上了沪杭甬的火车,同行的有朱、王二女士和建,我们相对默然地坐着。不久车身蠕蠕而动了,我不禁叹了一口气道:"居然离开了上海。"

"这有什么奇怪,想去便去了!"建似乎不以我多感慨的态度为然。

查票的人来了,建从洋服的小袋里掏出了四张来回票,同时还带出一张小纸头来,我捡起来,看见上面写着:"到杭州:第一大吃而特吃,大玩而特玩……"真滑稽,这种大计划也值得大书而特书,我这样说着递给朱、王二女士看,她们也不禁哈哈大笑了。

来到嘉兴时,天已大黑。我们肚子都有些饿了,但火车上的大菜既贵又不好吃,我便提议吃茶叶蛋,便想叫茶房去买,他好像觉得我们太吝啬,坐二等车至少应当吃一碗火腿炒饭,所以他冷笑道:"要到三等车里才买得到。"说着他便一溜烟跑了。

"这家伙真可恶!"建愤怒地说着,最后他只得自己跑到三等车去买了来。吃茶叶蛋我是拿手,一口气吃了四个半,还觉得肚子里空无所有,不过当我伸手拿第五个蛋时,被建一把夺了去,一面埋怨道:"你这个人真不懂事,吃那么许多,等些时又要闹胃痛了。"

这一来只好咽一口唾沫算了。王女士却向我笑道:"看你个子很瘦小,吃起东西来倒很凶!"其实我只能吃茶叶蛋,别的东西倒不可一概而论呢!——我很想这样辩护,但一转念,到底觉得无谓,所以也只有淡淡地一笑,算是我默认了。

车子进杭州城站时,已经十一点半了,街上的店铺多半都关了门,几盏黯淡的电灯,放出微弱的黄光,但从火车上下来的人,却吵成一片,挤成一堆,此外还有那些客栈的招揽生意的茶房,把我们围得水泄不通,不知化了多少力气,才打出重围叫了黄包车到湖滨去。

车子走过那石砌的马路时,一些熟悉的记忆浮上我的观念里来。一年前我同建曾在这幽秀的湖山中作过寓公,转眼之间又是一年多了,人事只管不停地变化,而湖山呢,依然如故,清澈的湖波,和笼雾的峰峦似笑我奔波无谓吧!

我们本决意住清泰第二旅馆,但是到那里一问,已经没有房间了,只好到湖滨旅馆去。

深夜时我独自凭着望湖的碧栏,看夜幕沉沉中的西湖。天上堆叠着不少的雨云,星点像怕羞的女郎,踯躅于流云间,其光隐约可辨。十二点敲过许久了,我才回到房里睡下。

晨光从白色的窗幔中射进来,我连忙叫醒建,同时我披了大衣开了房门。一阵沁肌透骨的秋风,从桐叶梢头穿过,飒飒的响声中落下了几片枯叶,天空高旷清碧,昨夜的雨云早已躲得无影无踪了。秋光中的西湖,是那样冷静,幽默,湖上的青山,如同深纽的玉色,桂花的残香,充溢于清晨的气流中。这时我忘记我是一只骆驼,我身上负有人生的重担。我这时是一只紫燕,我翱翔在清隆的天空中,我听见神祇的赞美歌,我觉到灵魂的所在地,……这样的,被释放不知多少时候,总之我觉得被释放的那一刹那,我是从灵宫的深处流出最惊喜的泪滴了。

建悄悄地走到我的身后,低声说道:"快些洗了脸,去访我们的故居吧!"

多怅惘呵,他惊破了我的幻梦,但同时又被他引起了怀旧的情绪,连忙洗了脸,等不得吃早点便向湖滨路崇仁里的故居走去。到了弄堂门口,看见新建的一间白木的汽车房,这是我们走后唯一的新鲜东西。此外一切都不曾改变,墙上贴着一张招租的帖子,一看是四号吉房招租……"呀!这正是我们的故居,刚好又空起来了,喂,隐!我们再搬回来住吧!"

"事实办不到……除非我们发了一笔财……"我说。

这时我们已到那半开着的门前了,建轻轻推门进去。小小的院落,依然是石缝里长着几根青草,几扇红色的木门半掩着。我们在客厅里站了些时,便又到楼上去看了一遍,这虽然只是最后几间空房,但那里面的气氛,引起我们既往的种种情绪,最使我们觉到怅然的是陈君的死。那时他每星期六多半来找我们玩,有时也打小牌,他总是摸着光头懊恼地说道:"又打错了!"这一切影像仍逼真地现在目前,但是陈君已作了古人,我们在这空洞的房子里,沉默了约有三分钟,才怅然地离去。走到弄堂门的时候,正遇到一个面熟的娘姨——那正是我们邻居刘君的女仆,她很殷勤地要我们到刘家坐坐。我们难却她的盛意,随她进去。刘君才起床,他的夫人替小孩子穿衣服。我们这两个不速之客够使他们惊诧了。谈了一些别后的事情,抽过一支烟后,我们告辞出来。到了旅馆里,吃过鸡丝面,王、朱两位女士已在湖滨叫小划子,我们讲定今天一天玩水,所以和船夫讲定到夜给他一块钱,他居然很高兴地答应了。我们买了一些菱角和瓜子带到划子上去吃。船夫是一个五十多岁的忠厚老头子,他洒然地划着。温和的秋阳照着我——使全身的筋肉都变成松缓,懒洋洋地靠在长方形的藤椅背上。看着划桨所激起的波纹,好像万道银蛇蜿蜒不息。这时船已在三潭印月前面——白云庵那里停住了。我们上了岸,走进那座香烟阒然的古庙,一个老和尚坐在那里向阳。菩萨案前摆了一个签筒,我先抱起来摇了一阵,得了一个上上签,于是朱、王二女士同建也都每人摇出一根来。我们大家拿了签条嘻嘻哈哈笑了一阵,便拜别了那四个怒目咧嘴的大金刚,仍旧坐上船向前泛去。

船身微微地撼动,仿佛睡在儿时的摇篮里,而我们的同伴朱女士,她不住地叫头疼。建像是天真般的同情地道:"对了,我也最喜欢头疼,随便到那里去,一吃力就头疼,尤其是昨夜太劳碌了不曾睡好。"

"就是这话了,"朱女士说,"并且,我会晕车!"

"晕车真难过……真的呢!"建故作正经地同情她,我同王女士禁不住大笑,建只低着头,强忍住他的笑容,这使我更要大笑。船泛到湖心亭,我们在那里站了些时,有些感到疲倦了,王女士提议去吃饭。建讲:"到了实行我'大吃而特吃'的计划的时候了。"

我说:"如要大吃特吃,就到'楼外楼'去吧,那是这西湖上有名的饭馆,去年我们曾在这里遇到宋美龄呢!"

"哦,原来如此,那我们就去吧!"王女士说。

果然名不虚传,门外停了不少辆的汽车,还有几个丘八①先生点缀这永不带有战争气氛的湖边。幸喜我们运气好,仅有唯一的一张空桌,我们四个人各霸一方,但是我们为了大家吃得痛快,互不牵掣起见,各人叫各人的菜,同时也各人出各人的钱,结果我同建叫了五只湖蟹,一尾湖鱼,一碗鸭掌汤,一盘虾子冬笋;她们二位女士所叫的菜也和我们大同小异。但其中要推王女士是个吃

---

① 丘八:旧时称兵("丘"字加"八"字成为"兵"字,含贬义)。
——编者注

喝能手，她吃起湖蟹来，起码四五只，而且吃得又快又干净。再衬着她那位最不会吃湖蟹的朋友朱女士，才吃到一个的时候，便叫起头疼来。

"那么你不要吃了，让我包办吧！"王女士笑嘻嘻地说。

"好吧！你就包办，……我想吃些辣椒，不然我简直吃不下饭去。"朱女士说。

"对了，我也这样，我们两人真是事事相同，可以说百分之九十九一样，只有一分不一样……"建一本正经地说。

"究竟不同是那一分呢？"王女士问。

"你真笨伯，这点都不知道，一个是男人，一个是女人呵！"建说。

这时朱女士正捧着一碗饭待吃，听了这话笑得几乎把饭碗摔到地上去。

"简直是一群疯子。"我心里悄悄地想着，但是我很骄傲，我们到现在还有疯的兴趣。于是把我们久已抛置的童年心情，从坟墓里重新复活，这不能说这不是奇迹罢！

黄昏的时候，我们的船荡到艺术学院的门口，我同建去找一个朋友，但是他已到上海去了。我们嗅了一阵桂花的香风后，依然上船。这时凉风阵阵地拂着我们的肌肤，朱女士最怕冷，裹紧大衣，仍然不觉得暖，同时东方的天边已变成灰黯的色彩，虽然西方还漾着几道火色的红霞，而落日已堕到山边，只在我们一霎眼的工夫，已经滚下山去了。远山被烟雾整个的掩蔽着，一望苍茫。小划子轻泛着平静的秋波，我们好像驾着云雾，冉冉的已来到湖滨。上岸时，湖滨已是灯火明耀，我们的灵魂跳出模糊的梦境。虽说这马路上依然是可以漫步无碍，但心情却已变了。回到旅馆吃了晚饭后，我们便商量玩山的计划：上山一定要坐山兜，所以叫了轿班的头老，说定游玩的地点和价目。这本是小问题，但是我们却充分讨论了很久：第一因为山兜的价钱太贵，我同朱女士有些犹疑；可是建同王女士坚持要坐，结果是我们失败了，只得让他们得意扬扬地吩咐轿班第二天早晨七点钟来。

今日是十月九日——正是阴历重九后一日，所以登高的人很多，我们上了山兜，出涌金门，先到净慈观①去看浮木井——那是济颠和尚的灵迹。但是在我看来不过一口平凡的井而已，所闻木头浮在当中的话，始终是半信半疑。

出了净慈观又往前走，路渐荒芜，虽然满地不少黄色的野花，半红的枫叶，但那透骨的秋风，唱出飒飒瑟瑟的悲调，不禁使我又悲又喜。像我这样劳碌的生命，居然能够抽出空闲的时间来听秋蝉最后的哀调，看枫叶鲜艳的色彩，领略丹桂清绝的残香，——灵魂绝对的解放，这真是万千之喜。但是再一深念，国家危难，人生如寄，此景此色只是增加人们的哀痛，又不禁悲从中来了……我尽管思绪如麻，而那抬山兜的伕子，不断地向前进行，渐渐地

---

① 净慈观：即净慈寺，位于浙江省杭州市的西湖南岸，雷峰塔对面。
——编者注

已来到半山之中。这时我从兜子后面往下一看，但见层崖叠壁，山径崎岖，不敢胡思乱想了。捏着一把汗，好容易来到山顶，才吁了一口长气，在一座古庙里歇下了。

同时有一队小学生也兴致勃勃地奔上山来，他们每人手里拿了一包水果和一点吃的东西，都在庙堂前面院子里的雕栏上坐着边唱边吃。我们上了楼，坐在回廊上的藤椅上，和尚泡了上好的龙井茶来，又端了一碟瓜子。我们坐在藤椅上，东望西湖，漾着滟滟光波；南望钱塘，孤帆飞逝，激起白沫般的银浪。把四围无限的景色，都收罗眼底。我们正在默然出神的时候，忽听朱女士说道："适才上山我真吓死了，若果摔下去简直骨头都要碎的，等会儿我情愿走下去。"

"对了，我也是害怕，回头我们两人走下去罢，让她们俩坐轿！"建说。

"好的。"朱女士欣然地说。

我知道建又在使捉狭，我不禁望着他好笑。他格外装得活像说道："真的，我越想越可怕，那样陡峭的石级，而且又很滑，万一佚子脚一软那还了得，……"建补充的话和他那种强装正经的神气，只惹得我同王女士笑得流泪。一个四十多岁的和尚，他悄然坐在大殿里，看见我们这一群疯子，不知他作何感想，但见他默默无言，只光着眼睛望着前面的山景。也许他也正忍俊不禁，所以只好用他那眼观鼻，鼻观心的苦功罢！我们笑了一阵，喝了两遍茶才又乘山兜下山。朱女士果然实行她步行的计划，但是和她表同情的建，却趁朱女士回头看山景的一刹那，悄悄躲在轿子里去了。

"喂！你怎么又坐上去了？"朱女士说。

"呀！我这时忽然想开了，所以就不怕摔，……并且我还有一首诗奉劝朱女士不要怕，也坐上去罢！"

"到底是诗人，……快些念来我们听听罢！"我打趣他。

"当然，当然，"他说着便高声念道，"坐轿上高山，头后脚在先。请君莫要怕，不会成神仙。"

这首诗又使得我们哄然大笑。但是朱女士却因此一劝，她才不怕摔，又坐上山兜了。中午的时候我们在龙井的前面斋堂里吃了一顿素菜。那个和尚说得一口漂亮的北京话，我因问他是不是北方人。他说："是的，才从北方游方驻扎此地。"这和尚似乎还文雅，他的庙堂里挂了不少名人的字画，同时他还问我在什么地方读书，我对他说"家里蹲"大学，他似解似不解的诺诺连声地应着，而建的一口茶已喷了一地。这简直是太大煞风景，我连忙给了他三块钱的香火资，跑下楼去。这时日影已经西斜了，不能再流连风景。不过黄昏的山色特别富丽，彩霞如垂幔般的垂在西方的天际，青翠的岗峦笼罩着一层干绢似的烟雾，新月已从东山冉冉上升，远远如弓形的白堤和明净的西湖都笼在沉沉暮霭中。我们的心灵浸醉于自然的美景里，永远不想回到热闹的城市去。但是轿夫们不懂得我们的心事，只顾奔他们的归程。"唷咿"一声山兜停了下来，我们翱翔着的灵魂，重新被摔到满是陷阱的人间。于是疲乏无聊，一切的情感围困了我们。

晚饭后草草收拾了行装,预备第二天回上海。这秋光中的西湖又成了灵魂上的一点印痕,生命的一页残史了。

可怜被解放的灵魂眼看着它垂头丧气地又进了牢囚。

原载于 1932 年 11 月 13 日《申江日报·海潮》第 9 号

梅雨潭[1]

朱自清

我第二次到仙岩的时候,我惊诧于梅雨潭的绿了。

梅雨潭是一个瀑布潭。仙岩有三个瀑布,梅雨瀑最低。走到山边,便听见哗哗哗哗的声音;抬起头,镶在两条湿湿的黑边儿里的,一带白而发亮的水便呈现于眼前了。

我们先到梅雨亭。梅雨亭正对着那条瀑布;坐在亭边,不必仰头,便可见它的全体了。亭下深深的便是梅雨潭。这个亭踞在突出的一角的岩石上,上下都空空儿的,仿佛一只苍鹰展着翼翅浮在天宇中一般。三面都是山,像半个环儿拥着,人如在井底了。这是一个秋季的薄阴的天气。微微的云在我们顶上流着,岩面与草丛都从润湿中透出几分油油的绿意。而瀑布也似乎分外的响了。那瀑布从上面冲下,仿佛已被扯成大小的几绺,不复是一幅整齐

---

[1] 原题为"绿",节选自《温州的踪迹》一文。——编者注

而平滑的布。岩上有许多棱角，瀑流经过时，作急剧的撞击，便飞花碎玉般乱溅着了。那溅着的水花，晶莹而多芒；远望去，像一朵朵小小的白梅，微雨似的纷纷落着。据说，这就是梅雨潭之所以得名了。但我觉得像杨花，格外确切些。轻风起来时，点点随风飘散，那更是杨花了。——这时偶然有几点送入我们温暖的怀里，便倏的钻了进去，再也寻它不着。

　　梅雨潭闪闪的绿色招引着我们，我们开始追捉她那离合的神光了。揪着草，攀着乱石，小心探身下去，又鞠躬过了一个石穹门，便到了汪汪一碧的潭边了。瀑布在襟袖之间，但我的心中已没有瀑布了。我的心随潭水的绿而摇荡。

　　那醉人的绿呀！仿佛一张极大极大的荷叶铺着，满是奇异的绿呀。我想张开两臂抱住她，但这是怎样一个妄想呀。——站在水边，望到那面，居然觉着有些远呢！这平铺着，厚积着的绿，着实可爱。她松松的皱缬着，像少妇拖着的裙幅；她轻轻的摆弄着，像跳动的初恋的处女的心；她滑滑的明亮着，像涂了"明油"一般，有鸡蛋清那样软，那样嫩，令人想着所曾触过的最嫩的皮肤；她又不杂些儿尘滓，宛然一块温润的碧玉，只清清的一色——但你却看不透她！我曾见过北京什刹海拂地的绿杨，脱不了鹅黄的底子，似乎太淡了。我又曾见过杭州虎跑寺旁高峻而深密的"绿壁"，丛叠着无穷的碧草与绿叶的，那又似乎太浓了。其余呢，西湖的波太明了，秦淮河的也太暗了。可爱的，我将用什么来比拟你呢？我怎么比拟得出呢？

大约潭是很深的,故能蕴蓄着这样奇异的绿;仿佛蔚蓝的天融了一块在里面似的,这才这般的鲜润呀。——那醉人的绿呀!我若能裁你以为带,我将赠给那轻盈的舞女,她必能临风飘举了。我若能挹你以为眼,我将赠给那善歌的盲妹,她必明眸善睐了。我舍不得你,我怎舍得你呢?我用手拍着你,抚摩着你,如同一个十二三岁的小姑娘。我又掬你入口,便是吻着她了。我送你一个名字,我从此叫你"女儿绿",好么?

我第二次到仙岩的时候,我不禁惊诧于梅雨潭的绿了。

原载于1924年《我们的七月》

五月的青岛

老舍

因为青岛的节气晚,所以樱花照例是在四月下旬才能盛开。樱花一开,青岛的风雾也挡不住草木的生长了。海棠,丁香,桃,梨,苹果,藤萝,杜鹃,都争着开放,墙脚路边也都有了嫩绿的叶儿。五月的岛上,到处花香,一清早便听见卖花声。公园里自然无须说了,小蝴蝶花与桂竹香们都在绿草地上用它们的娇艳的颜色结成十字,或绣成几团;那短短的绿树篱上也开着一层白花,似绿枝上挂了一层春雪。就是路上两旁的人家也少不得有些花草:围墙既矮,藤萝往往顺着墙把花穗儿悬在院外,散出一街的香气;那双樱,丁香,都能在墙外看到,双樱的明艳和丁香的素丽,真是足以使人眼明神爽。

山上有了绿色,嫩绿,所以把松柏们比得发黑了一些。谷中不但填满了绿色,而且颇有些野花,有一种似紫荆而色儿略略发蓝的,折来很好插瓶。

青岛的人怎能忘下海呢。不过，说也奇怪，五月的海仿佛特别的绿，特别的可爱，也许是因为人们心里痛快吧？看一眼路旁的绿叶，再看一眼海，真的，这才明白了什么叫做"春深似海"。绿，鲜绿，浅绿，深绿，黄绿，灰绿，各种的绿色，联接着，交错着，变化着，波动着，一直绿到天边，绿到山脚，绿到渔帆的外边去。风不凉，浪不高，船缓缓的走，燕低低的飞，街上的花香和海上的咸混到一处，浪漾在空中，水在面前，而绿意无限，可不是，春深似海！欢喜，要狂歌，要跳入水中去，可是只能默默无言，心好像飞到天边上那将将能看到的小岛上去，一闭眼仿佛还看见一些桃花。人面桃花相映红，必定是在那小岛上。

这时候，遇上风与雾便还须穿上棉衣，可是有一天忽然响晴，夹衣就正合适。但无论怎说吧，人们反正都放了心——不会大冷了，不会。妇女们最先知道这个，早早的就穿出利落的新装，而且决定不再脱下去。海岸上，微风吹动少女们的发与衣，何必再去到电影园找那有画意的景儿呢！这里是初春浅夏的合响，风里带着春寒，而花草山水又似初夏，意在春而景如夏，姑娘们总先走一步，迎上前去，跟花们竞争一下，女性的伟大几乎不是颓废诗人所能明白的。

人似乎随着花草都复活了，学生们特别的忙：换制服，开运动会，到崂山丹山旅行，服劳役。本地的学生忙，别处的学生也来参观，几个，几十，几百，打着旗子来了，又成着队走开，男的，女的，先生，学生，都累得满头是汗，而仍不住的向那大海丢眼。

学生以外，该数小孩子最快活，笨重的衣服脱去，可以到公园跑跑了；一冬天不见猴子了，现在又带着花生去喂猴子，看鹿。拾花瓣，在草地上打滚；妈妈说了，过几天还有大红樱桃吃呢！

马车都新油饰过，马虽依然清瘦，而车辆体面了许多，好做一夏天的买卖呀。新油过的马车穿过街心，那专做夏天的生意的咖啡馆，酒馆，旅社，饮冰室，也找来油漆匠，扫去灰尘，油饰一新。油漆匠在交手上忙，路旁也增多了由各处来的舞女。预备呀，忙碌呀，都红着眼等着那避暑的外国战舰与各处的阔人。多咱浴场上有了人影与小艇，生意便比花草还茂盛呀。到那时候，青岛几乎不属于青岛的人了，谁的钱更多谁更威风，汽车的眼是不会看山水的。

那么，且让我们自己尽量的欣赏五月的青岛吧！

原载于 1937 年 6 月 16 日《宇宙风》第 43 期

西溪的晴雨

郁达夫

西北风未起,蟹也不曾肥,我原晓得芦花总还没有白,前两星期,源宁来看了西湖,说他倒觉得有点失望,因为湖光山色,太整齐,太小巧,不够味儿,他开来的一张节目上,原有西溪的一项,恰巧第二天又下了微雨,秋原和我就主张微雨里下西溪,好教源宁去尝一尝这西湖近旁的野趣。

天色是阴阴漠漠的一层,湿风吹来,有点儿冷,也有点儿香,香的是野草花的气息。车过方井旁边,自然又下车来,去看了一下那座天主圣教修士们的古墓。从墓门望进去,只是黑沉沉,冷冰冰的一个大洞,什么也看不见,鼻子里却闻吸到了一种霉灰的阴气。

把鼻子掀了两掀,耸了一耸肩膀,大家都说,可惜忘记带了电筒,但在下意识里,自然也有一种恐怖,不安,和畏缩的心意,在那里作恶,直到了花坞的溪旁,走进窗明几净的静莲庵(?)堂去坐下,喝了两碗清茶,这一些鬼胎,方才洗涤了个空空脱脱。

游西溪，本来是以松木场下船，带了酒盒行厨，慢慢儿地向西摇去为正宗。像我们那么高坐了汽车，飞鸣而过古荡，东岳，一个钟头要走百来里路的旅客，终于是难度的俗物，但是俗物也有俗益，你若坐在汽车座里，引颈而向西向北一望，直到湖州，只见一派空明，遥盖在淡绿成阴的斜平海上；这中间不见水，不见山，当然也不见人，只是渺渺茫茫，青青绿绿，远无岸，近亦无田园村落的一个大斜坡，过秦亭山后，一直到留下为止的那一条沿山大道上的景色，好处就在这里，尤其是当微雨朦胧，江南草长的春或秋的半中间。

从留下下船，回环曲折，一路向西向北，只在芦花浅水里打圈圈：圆桥茅舍，桑树蓼花，是本地的风光，还不足道；最古怪的，是剩在背后的一带湖上的青山，不知不觉，忽而又会得移上你的面前来，和你点一点头，又匆匆的别了。

摇船的少女，也总好算是西溪的一景；一个站在船尾把摇橹，一个坐在船头上使桨，身体一伸一俯，一往一来，和橹声的咿呀，水波的起落，凑合成一大又圆又曲的进行软调；游人到此，自然会想起瘦西湖边，竹西歌吹的闲情，而源宁昨天在漪园月下老人祠里求得的那支灵签，仿佛是完全的应了，签诗的语文，是《鄘风·桑中》章末后的三句，叫作"期我乎桑中，要我乎上宫，送我乎淇之上矣"。

此后便到了交芦庵，上了弹指楼，因为是在雨里，带水拖泥，终于也感不到什么的大趣，但这一天向晚回来，在湖滨酒楼上放谈之下，源宁却一本正经地说："今天的西溪，却比昨日的西湖，要好三倍。"

前天星期假日，日暖风和，并且在报上也曾看到了芦花怒放的消息；午后日斜，老龙夫妇，又来约去西溪，去的时候，太晚了一点，所以只在秋雪庵的弹指楼上，消磨了半日之半。一片斜阳，反照在芦花浅渚的高头，花也并未怒放，树叶也不曾凋落，原不见秋，更不见雪，只是一味的晴明浩荡，飘飘然，浑浑然，洞贯了我们的肠腑。老僧无相，烧了面，泡了茶，更送来了酒，末后还拿出了纸和墨。我们看看日影下的北高峰，看看庵旁边的芦花荡，就问无相，花要几时才能全白？老僧操着缓慢的楚国口音，微笑着说："总要到阴历十月的中间，若有月亮，更为出色。"说后，还提出了一个交换的条件，要我们到那时候，再去一玩，他当预备些精馔相待，聊当作润笔，可是今天的字，却非写不可。老龙写了"一剑横飞破六合，万家憔悴哭三吴"的十四个字，我也附和着抄了一副不知在哪里见过的联语："春梦有时来枕畔，夕阳依旧上帘钩。"

喝得酒醉醺醺，走下楼来，小河里起了晚烟，船中间满载了黑暗，龙妇又逸兴遄飞，不知上哪里去摸出了一支洞箫来吹着。"其声呜呜然，如怨如慕，如泣如诉，余音袅袅，不绝如缕"，倒真有点像是七月既望，和东坡在赤壁的夜游。

选自《达夫游记》，文学创造社1936年

翠湖心影

汪曾祺

有一个姑娘,牙长得好。有人问她:

"姑娘,你多大了?"

"十七。"

"住在哪里?"

"翠湖西。"

"爱吃什么?"

"辣子鸡。"

过了两天,姑娘摔了一跤,磕掉了门牙。有人问她:

"姑娘多大了?"

"十五。"

"住在哪里?"

"翠湖。"

"爱吃什么?"

"麻婆豆腐。"

这是我在四十四年前听到的一个笑话。当时觉得很无聊(是在一个座谈会上听一个本地才子说的)。现在想起来觉得很亲切。因为它让我想起翠湖。

昆明和翠湖分不开,很多城市都有湖。杭州西湖、济南大明湖、扬州瘦西湖。然而这些湖和城的关系都还不是那样密切。似乎把这些湖挪开,城市也还是城市。翠湖可不能挪开。没有翠湖,昆明就不成其为昆明了。翠湖在城里,而且几乎就挨着市中心。城中有湖,这在中国,在世界上,都是不多的。说某某湖是某某城的眼睛,这是一个俗得不能再俗的比喻了。然而说到翠湖,这个比喻还是躲不开。只能说:翠湖是昆明的眼睛。有什么办法呢,因为它非常贴切。

翠湖是一片湖,同时也是一条路。城中有湖,并不妨碍交通。湖之中,有一条很整齐的贯通南北的大路。从文林街、先生坡、府甬道,到华山南路、正义路,这是一条直达的捷径。——否则就要走翠湖东路或翠湖西路,那就绕远多了。昆明人特意来游翠湖的也有,不多。多数人只是从这里穿过。翠湖中游人少而行人多。但是行人到了翠湖,也就成了游人了。从喧嚣扰攘的闹市和刻板枯燥的机关里,匆匆忙忙地走过来,一进了翠湖,即刻就会觉得浑身轻松下来;生活的重压、柴米油盐、委屈烦恼,就会冲淡一些。人们不知不觉地放慢了脚步,甚至可以停下来,在路边的石凳上坐一坐,抽一支烟,四边看看。即使仍在匆忙地赶路,人在湖光树影中，精神也很不一样了。翠湖每天每日，给了昆明人多少浮世的安慰和精神的疗养啊。因此，昆明人——包括外来的游子，对翠湖充满感激。

　　翠湖这个名字起得好！湖不大，也不小，正合适。小了，不够一游；太大了，游起来怪累。湖的周围和湖中都有堤。堤边密密地栽着树。树都很高大。主要的是垂柳。"秋尽江南草未凋"，昆明的树好像到了冬天也还是绿的。尤其是雨季，翠湖的柳树真是绿得好像要滴下来。湖水极清。我的印象里翠湖似没有蚊子。夏天的夜晚，我们在湖中漫步或在堤边浅草中坐卧，好像都没有被蚊子咬过。湖水常年盈满。我在昆明住了七年，没有看见过翠湖干得见了底。偶尔接连下了几天大雨，湖水涨了，湖中的大路也被淹没，不能通过了。但这样的时候很少。翠湖的水不深。浅处没膝，深处也不过齐腰。因此没有人到这里来自杀。我们有一个广东籍的同学，因为失恋，曾投过翠湖。但是他下湖在水里走了一截，又爬上来了。因为他大概还不太想死，而且翠湖里也淹不死人。翠湖不种荷花，但是有许多水浮莲。肥厚碧绿的猪耳状的叶子，开着一望无际的粉紫色的蝶形的花，很热闹。我是在翠湖才认识这种水生植物的。我以后再也没看到过这样大片大片的水浮莲。湖中多红鱼，很大，都有一尺多长。这些鱼已经习惯于人声脚步，见人不惊，整天只是安安静静地、悠然地浮沉游动着。有时夜晚从湖中大路上过，会忽然拨剌一声，从湖心跃起一条极大的大鱼，吓你一跳。湖水、柳树、粉紫色的水浮莲、红鱼，共同组成一个印象：翠。

　　一九三九年的夏天，我到昆明来考大学，寄住在青莲街的同济中学的宿舍里，几乎每天都要到翠湖。学校已经发了榜，还没有开学，我们除了骑马到黑龙潭、金殿，坐船到大观楼，就是到翠湖图书馆去看书。这是我这一生去过次数最多的一个图书馆，也是印象极佳的一个图书馆。图书馆不大，形制有一点像一个道观。非常安静整洁。有一个侧院，院里种了好多盆白茶花。这些白茶花有时整天没有一个人来看它，就只是安安静静地欣然地开着。图书馆的管理员是一个妙人。他没有准确的上下班时间。有时我们去得早了，他还没有来，门没有开，我们就在外面等着。他来了，谁也不理，开了门，走进阅览室，把壁上一个不走的挂钟的时针"喀拉拉"一拨，拨到八点，这就上班了，开始借书。这个图书馆的藏书室在楼上。楼板上挖出一个长方形的洞，从洞里用绳子吊下一个长方形的木盘。借书人开好借书单，——管理员把借书单叫做"飞子"，昆明人把一切不大的纸片都叫做"飞子"，买米的发票、包裹单、汽车票，都叫"飞子"，——这位管理员看一看，放在木盘里，一拽旁边的铃铛，"哐啷啷"，木盘就从洞里吊上去了。——上面大概有个滑车。不一会，上面拽一下铃铛，木盘又系了下来，你要的书来了。这种古老而有趣的借书手续我以后再也没有见过。这个小图书馆藏书似不少，而且有些善本。我们想看的书大都能够借到。过了两三个小时，这位干瘦而沉默的有点像陈老莲画出来的古典的图书管理员站起来，把壁上不走的挂钟的时针"喀拉拉"一拨,拨到十二点:下班!我们对他这种以意为之的计时方法完全没有意见。因为我们没有一定要看完的书,到这里来只是享受一点安静。我们的看书,是没有目的的,从《南诏国志》到福尔摩斯,逮什么看什么。

翠湖图书馆现在还有么?这位图书管理员大概早已作古了。不知道为什么,我会常常想起他来,并和我所认识的几个孤独、贫穷而有点怪僻的小知识分子的印象掺和在一起,越来越鲜明。总有一天,这个人物的形象会出现在我的小说里的。

翠湖的好处是建筑物少。我最怕风景区挤满了亭台楼阁。除了翠湖图书馆,有一簇洋房,是法国人开的翠湖饭店。这所饭店似乎是终年空着的。大门虽开着,但我从未见过有人进去,不论是中国人还是法国人。此外,大路之东,有几间黑瓦朱栏的平房,狭长的,按形制似应该叫做"轩"。也许里面是有一方题作什么轩的横匾的,但是我记不得了。也许根本没有。轩里有一阵曾有人卖过面点,大概因为生意不好,停歇了。轩内空荡荡的,没有桌椅。只在廊下有一个卖"糠虾"的老婆婆。"糠虾"是只有皮壳没有肉的小虾。晒干了,卖给游人喂鱼。花极少的钱,便可从老婆婆手里买半碗,一把一把撒在水里,一尺多长的红鱼就很兴奋地游过来,抢食水面的糠虾,唼喋有声。糠虾喂完,人鱼俱散,轩中又是空荡荡的,剩下老婆婆一个人寂然地坐在那里。

路东伸进湖水,有一个半岛。半岛上有一个两层的楼阁。阁上是个茶馆。茶馆的地势很好,四面有窗,入目都是湖水。夏天,在阁子上喝茶，很凉快。这家茶馆，夏天，是到了晚上还卖茶的（昆明的茶馆都是这样，收市很晚），我们有时会一直坐到十点多钟。茶馆卖盖碗茶，还卖炒葵花子、南瓜子、花生米，都装在一个白铁敲成的方碟子里，昆明的茶馆计账的方法有点特别：瓜子、花生，都是一个价钱，按碟算。喝完了茶，"收茶钱！"堂倌走过来，数一数碟子，就报出个钱数。我们的同学有时临窗饮茶，嗑完一碟瓜子，随手把铁皮碟往外一扔，"pia——"，碟子就落进了水里。堂倌算账，还是照碟算。这些堂倌们晚上清点时，自然会发现碟子少了，并且也一定会知道这些碟子上哪里去了。但是从来没有一次收茶钱时因此和顾客吵起来过；并且在提着大铜壶用"凤凰三点头"手法为客人续水时也从不拿眼睛"贼"着客人。把瓜子碟扔进水里，自然是不大道德。不过堂倌不那么斤斤计较的风度却是很可佩服的。

除了到翠湖图书馆看书，喝茶，我们更多的时候是到翠湖去"穷遛"。这"穷遛"有两层意思，一是不名一钱地遛，一是无穷无尽地遛。"园日涉以成趣"，我们遛翠湖没有个够的时候。尤其是晚上，踏着斑驳的月光树影，可以在湖里一遛遛好几圈。一面走，一面海阔天空，高谈阔论。我们那时都是二十岁上下的人，似乎有很多话要说，可说，我们都说了些什么呢？我现在一句都记不得了！

我是一九四六年离开昆明的。一别翠湖，已经三十八年了，时间过得真快！

我是很想念翠湖的。

前几年,听说因为搞什么"建设",挖断了水脉,翠湖没有水了。我听了,觉得怅然,而且,愤怒了。这是怎么搞的!谁搞的?翠湖会成了什么样子呢?那些树呢?那些水浮莲呢?那些鱼呢?

最近听说,翠湖又有水了,我高兴!我当然会想到这是三中全会带来的好处。这是拨乱反正。

但是我又听说,翠湖现在很热闹,经常举办"蛇展"什么的,我又有点担心。这又会成了什么样子呢?我不反对翠湖游人多,甚至可以有游艇,甚至可以设立摊棚卖破酥包子、焖鸡米线、冰激凌、雪糕,但是最好不要搞"蛇展"。我希望还我一个明爽安静的翠湖。我想这也是很多昆明人的希望。

原载于1984年《滇池》第8期

翡冷翠[①] 山居闲话

徐志摩

在这里出门散步去,上山或是下山,在一个晴好的五月的向晚,正像是去赴一个美的宴会,比如去一果子园,那边每株树上都是满挂着诗情最秀逸的果实,假如你单是站着看还不满意时,只要你一伸手就可以采取,可以恣尝鲜味,足够你性灵的迷醉。阳光正好暖和,决不过暖;风息是温驯的,而且往往因为他是从繁花的山林里吹度过来,他带来一股幽远的淡香,连着一息滋润的水汽,摩挲着你的颜面,轻绕着你的肩腰,就这单纯的呼吸已是无穷的愉快;空气总是明净的,近谷内不生烟,远山上不起霭,那美秀风景的全部正像画片似的展露在你的眼前,供你闲暇的鉴赏。

作客山中的妙处,尤在你永不须踌躇你的服色与体态;你不妨摇曳着一头的蓬草,不妨纵容你满腮的苔藓;你爱穿什么就穿什

[①] 翡冷翠:今译作"佛罗伦萨",意大利中部城市。——编者注

么；扮一个牧童，扮一个渔翁，装一个农夫，装一个走江湖的桀卜闪①，装一个猎户；你再不必担心整理你的领结，你尽可以不用领结，给你的颈根与胸膛一半日的自由；你可以拿一条这边艳色的长巾包在你的头上，学一个太平军的头目，或是拜伦那埃及装的姿态，但最要紧的是穿上你最旧的旧鞋，别管他模样不佳，他们是顶可爱的好友，他们承着你的体重，却不叫你记起你还有一双脚在你的底下。

这样的玩顶好是不要约伴，我竟想严格的取缔，只许你独身，因为有了伴，多少总得叫你分心，尤其是年轻的女伴，那是最危险最专制不过的旅伴，你应得躲避她像你躲避青草里一条美丽的花蛇！平常我们从自己家里走到朋友的家里，或是我们执事的地方，那无非是在同一个大牢里从一间狱室移到另一间狱室去，拘束永远跟着我们，自由永远寻不到我们，但在这春夏间美秀的山中或乡间，你要是有机会独身闲逛时，那才是你福星高照的时候，那才是你实际领受，亲口尝味，自由与自在的时候，那才是你肉体与灵魂行动一致的时候。朋友们，我们多长一岁年纪，往往只是加重我们头上的枷，加紧我们脚胫上的链，我们见小孩子在草里、在沙堆里、在浅水里打滚作乐，或是看见小猫追它自己的尾巴，何尝没有羡慕的时候，但我们的枷，我们的链永远是制定我们行动的上司！所以只有你单身奔赴大自然的怀抱时，像一个裸体的

---

① 桀卜闪：指吉卜赛人。——编者注

小孩扑入他母亲的怀抱时,你才知道灵魂的愉快是怎样的,单是活着的快乐是怎样的,单就呼吸单就走道单就张眼看耸耳听的幸福是怎样的。因此你得严格的为己,极端的自私,只许你,体魄与性灵,与自然同在一个脉搏里跳动,同在一个音波里起伏,同在一个神奇的宇宙里自得。我们浑朴的天真是像含羞草似的娇柔,一经同伴的抵触,他就卷了起来,但在澄静的日光下,和风中,他的姿态是自然的,他的生活是无阻碍的。

你一个人漫游的时候,你就会在青草里坐地仰卧,甚至有时打滚,因为草的和暖的颜色自然的唤起你童稚的活泼;在静僻的道上你就会不自主的狂舞,看着你自己的身影幻出种种诡异的变相,因为道旁树木的阴影在它们迂徐的婆娑里暗示你舞蹈的快乐;你也会得信口的歌唱,偶尔记起断片的音调,与你自己随口的小曲,因为树林中的莺燕告诉你春光是应得赞美的;更不必说你的胸襟自然会跟着曼长的山径开拓,你的心地会看着澄蓝的天空静定,你的思想和着山壑间的水声,山罅里的泉响,有时一澄到底的清澈,有时激起成章的波动,流,流,流入凉爽的橄榄林中,流入妩媚的阿诺河去⋯⋯

并且你不但不须应伴,每逢这样的游行,你也不必带书。书是理想的伴侣,但你应得带书,是在火车上,在你住处的客室里,不是在你独身漫步的时候。什么伟大的深沉的鼓舞的清明的优美的思想的根源不是可以在风籁中,云彩里,山势与地形的起伏里,花草的颜色与香息里寻得?自然是最伟大的一部书,歌德说,在他每一页的字句里我们读得最深奥的消息。并且这书上的文字是人人懂得的；阿尔帕斯与五老峰，雪西里与普陀山，莱茵河与扬子江，梨梦湖与西子湖，建兰与琼花，杭州西溪的芦雪与威尼市夕照的红潮，百灵与夜莺，更不提一般黄的黄麦，一般紫的紫藤，一般青的青草同在大地上生长，同在和风中波动——他们应用的符号是永远一致的，他们的意义是永远明显的，只要你自己性灵上不长疮瘢，眼不盲，耳不塞，这无形迹的最高等教育便永远是你的名分，这不取费的最珍贵的补剂便永远供你的受用；只要你认识了这一部书，你在这世界上寂寞时便不寂寞，穷困时不穷困，苦恼时有安慰，挫折时有鼓励，软弱时有督责，迷失时有南针。

原载于 1925 年 7 月 4 日《现代评论》第 2 卷第 30 期

云南看云

沈从文

云南因云而得名,可是外省人到了云南一年半载后,一定会和本地人差不多,对于云南的云,除却只能从它变化上得到一点晴雨知识,就再也不会单纯的来欣赏它的美丽了。看过卢锡麟先生的摄影后,必有许多人方俨然重新觉醒,明白自己是生在云南,或住在云南。云南特点之一,就是天上的云变化得出奇。尤其是傍晚时候,云的颜色,云的形状,云的风度,实在动人。

战争给许多人一种有关生活的教育,走了许多路,过了许多桥,睡了许多床,此外还必然吃了许多想象不到的小苦头。然而真正具有深刻教育意义的,说不定倒是明白许多地方各有各的天气,天气不同还多少影响到一点人事。云有云的地方性:中国北部的云厚重,人也同样那么厚重。南部的云活泼,人也同样那么活泼。海边的云幻异,渤海和南海云又各不相同,正如两处海边的人性情不同。河南的云一片黄,抓一把下来似乎就可以作窝窝头,云粗中有细，人亦粗中有细。湖湘的云一片灰，长年挂在天空一片灰，无性格可言，然而橘子辣子就在这种地方大量产生，在这种天气下成熟，却给湖南人增加了生命的发展性和进取精神。四川的云与湖南云虽相似而不尽相同，巫峡峨眉夹天耸立，高峰把云分割又加浓，云似乎有了生命，人也有了生命。

论色彩丰富，青岛海面的云应当首屈一指。有时五色相煊，千变万化，天空如展开一张图案新奇的锦毯。有时素净纯洁，天空只见一片绿玉，别无它物。看来令人起轻快感，温柔感，音乐感，情欲感。一年中有大半年天空完全是一幅神奇的图画，有青春的嘘息，煽起人狂想和梦想，海市蜃楼即在这种天空显现。海市蜃楼虽并不常在人眼底，却永远在人心中。秦皇汉武的事业，同样结束在一个长生不死青春常在的美梦里，不是毫无道理的。云南的云给人印象大不相同，它的特点是素朴，影响到人性情也应当挚厚而单纯。

云南的云似乎是用西藏高山的冰雪，和南海长年的热风，两种原料经过一番神奇的手续完成的。色调出奇的单纯，唯其单纯反而见出伟大。尤以天时晴明的黄昏前后，光景异常动人。完全是水墨画，笔调超脱而大胆。天上一角有时黑得如一片漆，它的颜色虽然异样黑，给人感觉竟十分轻。在任何地方"乌云蔽天"照例是个沉重可怕的象征，唯有云南傍晚的黑云，越黑反而越不碍事，且表示第二天天气必然顶好。几年前中国古物运到伦敦展览时，有一个赵松雪作的卷子，名《秋江叠嶂》，净白如玉的澄心堂纸上用浓墨重重涂抹，淡墨粗粗扫拂，给人印象却十分秀美；云南的云也恰恰如此，看来只觉得黑而秀。

可是我们若在黄昏前后，到城郊外一个小丘上去，或坐船在滇池中，看到这种云彩时，低下头来一定会轻轻的叹一口气。具体一点将发生"大好河山"感想，抽象一点将发生"逝者如斯"感想。心中一定觉得有些痛苦，为一片悬在天空中的沉静黑云痛苦。因为这东西给了我们一种无言之教，比目前政论家的文章，宣传家的讲演，杂感家的讽刺文，都高明得多深刻得多，同时还美丽得多。觉得痛苦原因或许也就在此。那么好看的云，孕育了在这一片天底下讨生活的人，究竟是些什么？是一种精深博大的人生理想？还是一种单纯美丽的诗的感情？若把它与地面所见、所闻、所有两相对照，实在使人不能不痛苦！

在这美丽天空下，人事方面，我们每天所能看到的，除了空洞的论文，不通的演讲，小巧的杂感，此外似乎到处就只碰到"法币"。商人和银行办事人直接为法币而忙。最可悲的现象，实无过于大学校的商学院，每到注册上课时，照例人数必最多。这些人其所以习经济、习会计，都可说对于生命毫无高尚理想可言，目的只在毕业后能入银行作事。"熙熙攘攘，皆为利往，挤挤挨挨，皆为利来，利之所在，群集若蛆。"社会研究所的专家，机会一来即向银行跑。习图书馆的，弄考古的，学外国文学的，因为亲戚、朋友、同乡……种种机会，又都挤进银行或相近金融机关作办事员。大部分优秀脑子，都给真正的法币和抽象的法币弄得昏昏的，失去了应有的灵敏与弹性,以及对于"生命"较高的认识。其余无知识的脑子,成天打算些什么,也就可想而知了。云南的云即或再美丽一点,对于多数人还似乎毫无意义可言的。

近两个月来本市在连续的警报中,城中二十万市民,无一不早早的就跑到郊外去,向天空把一个颈脖昂酸,无一人不看到过几片天空飘动的浮云,仰望结果,不过增加了许多人对于财富得失的忧心罢了。"我的越币下落了""我的汽油上涨了""我的事业这一年发了五十万财""我从公家赚了八万三",这还是就仅有十几个熟人中说说的。此外说不定还有三五个教授之流,终日除玩牌外无其他娱乐,会想到前一晚上玩麻雀牌输赢事情,聊以解嘲似的自言自语:"我输牌不输理。"这种博学多闻教授先生,当然永远是不输理的,在警报解除以后,还不妨跑到老同学住处去,再玩个八圈,证明一下输的究竟是什么。一个人若乐意在地下爬,以为是活下来最好的姿势,他人劝说不妨试站起来走,或更盼望他挺起脊梁来做个人,当然是不会有什么结果的。

就在这么一个社会一种情形中,卢先生却来展览他在云南的照相,告给我们云南法币以外还有些什么。即以天空的云彩言,色彩单纯的云有多健美,多飘逸,多温柔,多崇高!观众人数多,批评好,正说明只要有人会看云,就从云影中取得一种诗的感兴和热情,还可望将这种尊贵有传染性的感情,转给另外一种人。换言之,就是云南的云即或不能直接教育人,还可望由一个艺术家的心与手,间接来教育人。卢先生照相的兴趣,似乎就在介绍这种美丽感印给多数人，所以作品中对于云物的题材，处理得特别好。每一幅云都有一种不同的性情，流动的美。不纤巧，不做作，不过分修饰，一任自然，心手相印，表现得素朴而亲切。作品成功是必然的。可是得到"赞美"不是艺术家最终的目的，应当还有一点更深的意义。我意思是如果一种可怕的庸俗实际主义，正在这个社会各组织各阶层间普遍流行，腐蚀我们多数人做人的良心，做人的理想，且在同时把许多人都有形无形市侩化。社会中优秀分子一部分，所梦想，所希望，也都只是糊口混日子了事，毫无一种较高的情感，更缺少用这情感去追求一个美丽而伟大的道德原则的勇气时，我们这个民族应当怎么办？若大学生读书目的，不是站在柜台边作行员，就是坐在公事房作办事员，脑子都不用，都不想，只要有一碗饭吃就算有了出路。甚至于作政论的，作讲演的，写不高明讽刺文的，习理工的，玩玩文学充文化人的，办党的，信教的，……出路也都是只顾眼前。大众眼前固然都有了出路，这个国家的明天，是不是还有希望可言？我们如真能够像卢先生那么静观默会天空的云彩，云物的美丽，也许会慢慢的陶冶我们，启发我们，改造我们，使我们习惯于向远景凝眸，不敢堕落。不甘心堕落，我以为这才像是一个艺术家最后的目的。正因为这个民族是在求发展，求生存，战争了已经三年。战争虽败北，不气馁，虽死亡万千人民，牺牲无数财富，亦仍然能坚持抗战，就为的是这战争背后还有个庄严伟大的理想，使我们对于忧患之来，在任何情形下都能忍受。我们其所以能忍受，不特是我们要发展，要生存，还要为后来者设想，使他们活在这片土地上，更好一点，更像人一点！我们责任那么严重而且又那么困难，所以不特多数知识分子必然要有一个较坚朴的人生观，拉之向上，推之向前，就是作生意的，也少不了需要那么一分知识，方能够把企业的发展与国家的发展，放在同一目标上，分道并进，异途同归。

举一个浅近的例来说说：我们的眼光注意到"出路""赚钱"以外，若还能够估量到在滇越铁路的另一端，正有多少鬼蜮成性阴险狡诈的木屐儿，圆睁两只鼠眼，安排种种巧计阴谋，在武力与武器无作用地点，预备把劣货倾销到昆明来，且把推销劣货的责任，要派给昆明市的大小商家时，就知道学习注意远处，实在是目前一件如何重要的事情！照相必选择地点，取准角度，方可望有较好成就。做人何尝不是一样。明分际，识大体，"有所不为"，敌人虽花样再多，劣货在有经验商家的眼中，总依然看得出。取舍之间是极容易的。若只图发财，见利忘义，"无所不为"，日本货变成国货，改头换面，不过是翻手间事！劣货推销仅仅是若干有形事件中之一种。此外各层知识阶级中不争气处，所作所为，实有更甚于此者。

所以我觉得卢先生的摄影，不只是给人看看，还应当引人深思。

原载于 1940 年 12 月 12 日《大公报》

第五章
等一朵花开

养　花

老舍

　　我爱花，所以也爱养花。我可还没成为养花专家，因为没有工夫去作研究与试验。我只把养花当作生活中的一种乐趣，花开得大小好坏都不计较，只要开花，我就高兴。在我的小院中，到夏天，满是花草，小猫儿们只好上房去玩耍，地上没有它们的运动场。

　　花虽多，但无奇花异草。珍贵的花草不易养活，看着一棵好花生病欲死是件难过的事。北京的气候，对养花来说，不算很好。冬天冷，春天多风，夏天不是干旱就是大雨倾盆；秋天最好，可是会忽然闹霜冻。在这种气候里，想把南方的好花养活，我还没有那么大的本事。因此，我只养些好种易活、自己会奋斗的花草。

　　不过，尽管花草自己会奋斗，我若置之不理，任其自生自灭，它们多数还是会死了的。我得天天照管它们，像好朋友似的关切它们。一来二去，我摸着一些门道：有的喜阴，就别放在太阳地里；有的喜干，就别多浇水。这是个乐趣，摸住门道，花草养活了，而且三年五载老活着、开花，多么有意思呀！不是乱吹，这就是知识呀！多得些知识，一定不是坏事。

我不是有腿病吗，不但不利于行，也不利于久坐。我不知道花草们受我的照顾，感谢我不感谢；我可得感谢它们。在我工作的时候，我总是写了几十个字，就到院中去看看，浇浇这棵，搬搬那盆，然后回到屋中再写一点，然后再出去，如此循环，把脑力劳动与体力劳动结合到一起，有益身心，胜于吃药。要是赶上狂风暴雨或天气突变哪，就得全家动员，抢救花草，十分紧张。几百盆花，都要很快地抢到屋里去，使人腰酸腿疼，热汗直流。第二天，天气好转，又得把花儿都搬出去，就又一次腰酸腿疼，热汗直流。可是，这多么有意思呀！不劳动，连棵花儿也养不活，这难道不是真理么？

送牛奶的同志，进门就夸"好香"！这使我们全家都感到骄傲。赶到昙花开放的时候，约几位朋友来看看，更有秉烛夜游的神气——昙花总在夜里放蕊。花儿分根了，一棵分为数棵，就赠给朋友们一些；看着友人拿走自己的劳动果实，心里自然特别喜欢。

当然，也有伤心的时候，今年夏天就有这么一回。三百株菊秧还在地上（没到移入盆中的时候），下了暴雨。邻家的墙倒了下来，菊秧被砸死者约三十多种，一百多棵！全家都几天没有笑容！

有喜有忧，有笑有泪，有花有实，有香有色，既须劳动，又长见识，这就是养花的乐趣。

原载于 1956 年 10 月 21 日《文汇报》

春来忆广州

老舍

我爱花。因气候、水土等等关系,在北京养花,颇为不易。冬天冷,院里无法摆花,只好都搬到屋里来。每到冬季,我的屋里总是花比人多,形势逼人!屋中养花,有如笼中养鸟,即使用心调护,也养不出个样子来。除非特建花室,实在无法解决问题。我的小院里,又无隙地可建花室!

一看到屋中那些半病的花草,我就立刻想起美丽的广州来。去年春节后,我不是到广州住了一个月吗?哎呀,真是了不起的好地方!人极热情,花似乎也热情!大街小巷,院里墙头,百花齐放,欢迎客人,真是"交友看花在广州"啊!

在广州,对着我的屋门便是一株象牙红,高与楼齐,盛开着一丛丛红艳夺目的花儿,而且经常有些很小的小鸟,钻进那朱红的小"象牙"里,如蜂采蜜。真美!只要一有空儿,我便坐在阶前,看那些花与小鸟。在家里,我也有一棵象牙红,可是高不及三尺,而且是种在盆子里。它入秋即放假休息，入冬便睡大觉，且久久不醒，直到端阳左右，它才开几朵先天不足的小花，绝对没有那种秀气的小鸟作伴！现在，它正在屋角打盹，也许跟我一样，正想念它的故乡广东吧？

春天到来，我的花草还是不易安排：早些移出去吧，怕风霜侵犯；不搬出去吧，又都发出细条嫩叶，很不健康。这种细条子不会长出花来。看着真令人焦心！

好容易盼到夏天，花盆都运至院中，可还不完全顺利。院小，不透风，许多花儿便生了病。特别由南方来的那些，如白玉兰、栀子、茉莉、小金桔、茶花……也不知怎么就叶落枝枯，悄悄死去。因此，我打定主意，在买来这些比较娇贵的花儿之时，就认为它们不能长寿，尽到我的心，而又不作幻想，以免枯死的时候落泪伤神。同时，也多种些叫它死也不肯死的花草，如夹竹桃之类，以期老有些花儿看。

夏天，北京的阳光过暴，而且不下雨则已，一下就是倾盆倒海而来，势不可当，也不利于花草的生长。

秋天较好，可是忽然一阵冷风，无法预防，娇嫩些的花儿就受了重伤。于是，全家动员，七手八脚，往屋里搬呀！各屋里都挤满了花盆，人们出来进去都须留神，以免绊倒！

真羡慕广州的朋友们，院里院外，四季有花，而且是多么出色的花呀！白玉兰高达数丈，干子比我的腰还粗！英雄气概的木棉，昂首天外，开满大红花，何等气势！就连普通的花儿，四季海棠与绣球什么的，也特别壮实，叶茂花繁，花小而气魄不小！看，在冬天，窗外还有结实累累的木瓜呀！真没法儿比！一想起花木，也就更想念朋友们！朋友们，快作几首诗来吧，你们的环境是充满了诗意的呀！

春节到了，朋友们，祝你们花好月圆人长寿，新春愉快，工作顺利！

原载于1963年1月25日《羊城晚报》

昆明的花

汪曾祺

茶　花

　　张岱的文章里不止一次提到"滇茶一本",云南茶花驰名久矣。茶花曾被选为云南省花。曾见过一本《云南茶花》照相画册,印制得很精美,大概就是那一年编印的。茶花品种很多,颜色、花形各异。滇茶为全国第一,在全世界也是有数的。这大概是因为云南的气候土壤都于茶花特别相宜。

　　西山某寺（偶忘寺名）有一棵很大的红茶花。一棵茶花,占了大雄宝殿前的院子的一多半,——寺庙的庭院都是很大的。花开时,至少有上百朵,花皆如汤碗口大。碧绿的厚叶子,通红的花头,使人不暇仔细观赏,只觉得烈烈轰轰的一大片,真是壮观。寺里的和尚怕树身负担不了那么多花头的重量,用杉木搭了很大的架子,支撑着四面的枝条。我一生没有看见过这样高大的茶花。

茶花的花期很长。我似乎没有见过一朵凋败在树上的茶花。这也是茶花的可贵处。

汤显祖把他的居室名为"玉茗堂"。俞平伯先生在一篇文章里说，玉茗是一种名贵的白茶花。我在《云南茶花》那本画册里好像没有发现"玉茗"这一名称。不过我相信云南是一定有玉茗的，也许叫做什么别的名字。

樱　花

春雨既足，风和日暖，圆通公园樱花盛开。花开时，游人很多，蜜蜂也很多。圆通公园多假山，樱花就开在假山的上上下下。樱花无姿态，花形也平常，不耐细看，但是当得一个"盛"字。那么多的花，如同明霞绛雪，真是热闹！身在耀眼的花光之中，满耳是嗡嗡的蜜蜂声音，使人觉得有点晕晕忽忽的。此时人与樱花已经融为一体。风和日暖，人在花中，不辨为人为花。

兰　花

曾到一位绅士家作客，——他的女儿是我们的同学。这位绅士曾经当过一任教育总长，多年闲居在家，每天除了看看报纸，研究在很远的地方进行的战争，谈谈中国的线装书和法国小说，剩下的嗜好是种兰花。他的客厅里摆着几十盆兰花。这间屋子仿佛已为兰花的香气所窨透，纱窗竹帘，无不带有淡淡的清香。屋里屋外都静极了。坐在这间客厅里，用细瓷盖碗喝着"滇绿"，看看披拂的兰叶，清秀素雅的兰花箭子，闻嗅着兰花的香气，真不知身在何世。

　　我的一位老师曾在呈贡桃园住过几年，他的房东也是爱种兰花的。隔了差不多四十年，这位先生还健在，已经是一位老者了。经过"文化大革命"，他的兰花居然能保存了下来。他的女儿要到北京来玩，劝说她父亲也到北京走走，老人不同意，他说："我的这些兰花咋个整？"

缅桂花

　　昆明缅桂花多，树大，叶茂，花繁。每到雨季，一城都是缅桂花的浓香，我已于《昆明的雨》中说及，不复赘。

粉团花

　　粉团花即绣球。昆明人谓之"粉团"，亦有理致。

云南民歌："阿妹好像粉团花"，用绣球花来比拟少女，别处的民歌里好像还未见过。于此可见云南绣球甚多，遍布城乡，所以歌手们能近取譬。

康乃馨·菖兰·夜来香

康乃馨昆明人谓之洋牡丹，菖兰即剑兰，夜来香在有的地方叫做晚香玉。这都是插瓶的花。康乃馨有红的、粉的、白的。菖兰的颜色更多，粉色的，白色的，黄色的，紫得发黑的。夜来香洁白如玉。昆明近日楼有一个很大的花市，卖花的把水灵灵的鲜花摊在一片芭蕉叶上卖。鲜花皆烂贱。买一大把鲜花和称二斤青菜的价钱差不多。

美人蕉和波斯菊

波斯菊叶子极细碎轻柔，花粉紫色，单瓣，瓣极薄。微风吹拂，花叶动摇，如梦如烟。

我原以为波斯菊只有南方有，后来在张家口坝上沽源县的街头也看见了这种花，只是塞北少雨水，花开得不如昆明滋润。在沽源看见波斯菊使我非常惊喜，因为它使我一下子想起了昆明。

波斯菊真是从波斯传来的么?那么你是一位远客了。

昆明的美人蕉皆极壮大,花也大,浓红如鲜血。红花绿叶,对比鲜明。我曾到郊区一中学去看一个朋友,未遇。学校已经放了暑假,一个人没有,安安静静的,校园的花圃里一大片美人蕉赫然地开着鲜红鲜红的大花。我感到一种特殊的、颜色强烈的寂寞。

叶子花

叶子花别处好像是叫做三角梅,昆明人就老是不客气地叫它叶子花,因为它的花瓣和叶子完全一样,只是长条的顶端的十几撮花的颜色是紫红的,而下边的叶子是深绿的。青莲街拐角有一家很大的公馆,围墙的墙头上种的都是叶子花。墙头上种花,少有。

报春花

我想查一查报春花的资料。家里只有一本《辞海》。我相信《辞海》里是不会收这一条的。报春花不是名花。但我还是抱着姑且查查看的心情翻开了《辞海》,不料竟有!

报春花……一年生草本。叶基生,长卵形,顶端圆钝，基部楔形或心形，边缘有不整齐缺裂，缺裂具细锯齿，上面被纤毛，下面有白粉或疏毛。秋季开花，花高脚碟状，红色或淡紫色，伞形花序2~4轮，蒴果球形。多生于荒野、田边。原产我国云南、贵州。各地栽培，供观赏。

不错，不错！就是它，就是它！难得是它把报春花描写得这样仔细。尤其使我欢喜的，是它告诉我云南是报春花的老家。

我在北京的一家花店里重遇报春花，栽在花盆里，标价一元一盆。我不禁笑了：这种东西也卖钱！我们在昆明市，到田边散步，一扯就是一大把！

原载于1986年《滇池》第3期

花　潮

李广田

昆明有个圆通寺。寺后就是圆通山。从前是一座荒山，现在是一个公园，就叫圆通公园。

公园在山上。有亭，有台，有池，有榭，有花，有树，有鸟，有兽。

后山沿路，有一大片海棠，平时枯枝瘦叶，并不惹人注意，一到三四月间，真是花团锦簇，变成一个花世界。

这几天，天气特别好，花开得也正好，看花的人也就最多。"紫陌红尘拂面来，无人不道看花回。"办公室里，餐厅里，晚会上，道路上，经常听到有人问答："你去看海棠没有？""我去过了。"或者说："我正想去。"到了星期天，道路相逢，多争说圆通山海棠消息。一时之间，几乎形成一种空气，甚至是一种压力，一种诱惑，如果谁没有到圆通山看花，就好像是一大憾事，不得不挤点时间，去凑个热闹。

星期天,我们也去看花。不错,一路同去看花的人可多着哩。进了公园门,步步登山,接踵摩肩,人就更多了。向高处看,隔着密密层层的绿荫,只见一片红云,望不到边际,真是"寺门尚远花光来,漫天锦绣连云开"。这时候,什么苍松啊,翠柏啊,碧梧啊,修竹啊……都挽不住游人。大家都一口气攀到最高峰,淹没在海棠花的红海里。后山一条大路,两旁,四周,都是海棠。人们坐在花下,走在路上,既望不见花外的青天,也看不见花外还有别的世界。花开得正盛,来早了,还未开好,来晚了,已经开败。"千朵万朵压枝低",每棵树都炫耀自己的鼎盛时代,每一朵花都在微风中枝头上颤抖着说出自己的喜悦。"喷云吹雾花无数,一条锦绣游人路",是的,是一条花巷,一条花街,上天下地都是花,可谓花天花地。可是,这些说法都不行,都不足以说出花的动态,"四厢花影怒于潮""四山花影下如潮",还是"花潮"好。古人写诗真有他的,善于说出要害,说出花的气势。你不要乱跑,静下来,你看那一望无际的花,"如钱塘潮夜澎湃",有风,花在动,无风,花也潮水一般地动,在阳光照射下,每一个花瓣都有它自己的阴影,就仿佛多少波浪在大海上翻腾,你越看得出神,你就越感到这一片花潮正在向天空向四面八方伸张,好像有一种生命力在不断扩展。而且,你可以听到潮水的声音,谁知道呢,也许是花下的人语声,也许是花丛中蜜蜂嗡嗡声,也许什么地方有黄莺的歌声,还有什么地方送来看花人的琴声,歌声,笑声……这一切交织在一起,再加上风声,天籁人籁,就如同海上午夜的潮声。大家都是来看花的,可是,这个花到底怎么看法?有人走累了,拣个最好的地方坐下来看,不一会,又感到这里不够好,也许别个地方更好吧,于是站起来,既依依不舍,又满怀向往,慢步移向别处去。多数人都在花下走来走去,这棵树下看看,好,那棵树下看看,也好,伫立在另一棵树下仔细端详一番,更好,看看,想想,再看看,再想想。有人很大方,只是驻足观赏;有人贪心重,伸手牵过一枝花来摇摇,或者干脆翘起鼻子一嗅,再嗅,甚至三嗅。"天公斗巧乃如此,令人一步千徘徊。"人们面对这绮丽的风光,真是徒唤奈何了。

老头儿们看花,一面看,一面自言自语,或者嘴里低吟着什么。老妈妈看花,扶着拐杖,牵着孙孙,很珍惜地折下一朵,簪在自己的发髻上。青年们穿得整整齐齐,干干净净,好像参加什么盛会。不少人已经穿上雪白的衬衫,有的甚至是绸衬衫,有的甚至已是短袖衬衫,好像夏天已经来到他们身上。东张张,西望望,既看花,又看人,洋气得很。青年妇女们,也都打扮得利利落落。很多人都穿着花衣花裙,好像要与花争妍,也有人擦了点胭脂,抹了点口红,显得很突出,可是,在这花世界里,又叫人感到无所谓了。很自然地想起了龚自珍《西郊落花歌》中说的,"如八万四千天女洗脸罢,齐向此地倾胭脂",真也有点形容过分,反而没有真实感了。小学生们,系着漂亮的红领巾,带着弹弓来了,可是他们并没有射击,即便有鸟,也不射了,被这一片没头没脑的花惊呆了。画家们正调好了颜色对花写生，看花的人又围住了画花的，出神地看画家画花。喜欢照相的人，抱着相机跑来跑去，不知是照花，还是照人，是怕人遮了花，还是怕花遮了人，还是要选一个最好的镜头，使如花的人永远伴着最美的花。有人在花下喝茶，有人在花下弹琴，有人在花下下象棋，有人在花下打桥牌。昆明四季如春，四季有花，可是不管山茶也罢，报春也罢，梅花也罢，杜鹃也罢，都没有海棠这样幸运，有这么多人，这样热热闹闹地来访它，来赏它，这样兴致勃勃地来赶这个开花的季节。还有桃花什么的，目前也还开着，在这附近，就有几树碧桃正开，"猩红鹦绿天人姿，回首夭桃惝失色"，显得冷冷落落地呆在一旁，并没有谁去理睬。在这圆通山头，可以看西山和滇池，可以看平林和原野，可是这时候，大家都在看花，什么也顾不得了。

看着看着，实在有点疲乏，找个地方坐下来休息一下吧，哪里没有人？都是人。坐在一群看花人旁边，无意中听人家谈论，猜想他们大概是哪个学校的文学教师。他们正在吟诗谈诗：

一个吟道："泪眼问花花不语，乱红飞过秋千去。"

一个说："这个不好，哪来的这么些眼泪！"

另一个吟道："一片花飞减却春，风飘万点正愁人。"

又一个说："还是不好，虽然是诗圣的佳句，也不好。"

一个青年人抢过去说："'繁枝容易纷纷落，嫩蕊商量细细开'，也是杜甫好不好？"

一个人回答:"好的,好的,思想健康,说的是新陈代谢。"

一个人不等他说完就接上去:"好是好,还不如龚定庵的'落红不是无情物,化作春泥更护花'有辩证观点,乐观精神。"

有一个人一直不说话,人家问他,他说:"天何言哉,四时兴焉,万物生焉,天何言哉。桃李无言,下自成蹊。你们看,海棠并没有说话,可是大家都被吸引来了。"

我也没有说话。想起泰山高处有人在悬崖上刻了四个大字:"予欲无言",其实也甚是多事。

回家的路上,还是听到很多人纷纷议论。

有人说:"今年的花,比去年好,去年,比前年好,解放以前谈不到。"

有人说:"今天看花好,今夜睡梦好,明天工作好。"

有人说:"明天作文课,给学生出题目,有了办法。"

有人说:"最好早晨来看花,迎风带露的花,会更娇更美。"

有人说:"雨天来看花更好,海棠着雨胭脂透,当然不是大雨滂沱,而是斜风细雨。"

有人说:"也许月下来看花更好,将是花气氤氲。"

有人说:"下星期再来看花,再不来就完了。"

有人说:"不怕花落去,明年花更好。"

好一个"明年花更好"。我一面走着,一面听人家说着,自己也默念着这样两句话:

春光似海，

盛世如花。

原载于 1962 年 5 月 26 日《人民日报》

看 花

朱自清

生长在大江北岸一个城市里,那儿的园林本是著名的,但近来却很少;似乎自幼就不曾听见过"我们今天看花去"一类话,可见花事是不盛的。有些爱花的人,大都只是将花栽在盆里,一盆盆搁在架上;架子横放在院子里。院子照例是小小的,只够放下一个架子;架上至多搁二十多盆花罢了。有时院子里依墙筑起一座"花台",台上种一株开花的树;也有在院子里地上种的。但这只是普通的点缀,不算是爱花。

家里人似乎都不甚爱花;父亲只在领我们上街时,偶然和我们到"花房"里去过一两回。但我们住过一所房子,有一座小花园,是房东家的。那里有树,有花架(大约是紫藤花架之类),但我当时还小,不知道那些花木的名字;只记得爬在墙上的是蔷薇而已。园中还有一座太湖石堆成的洞门;现在想来,似乎也还好的。在那时由一个顽皮的少年仆人领了我去,却只知道跑来跑去捉蝴蝶;有时掐下几朵花，也只是随意揉弄着，随意丢弃了。至于领略花的趣味，那是以后的事：夏天的早晨，我们那地方有乡下的姑娘在各处街巷，沿门叫着："卖栀子花来。"栀子花不是什么高品，但我喜欢那白而晕黄的颜色和那肥肥的个儿，正和那些卖花的姑娘有着相似的韵味。栀子花的香，浓而不烈，清而不淡，也是我乐意的。我这样便爱起花来了。也许有人会问："你爱的不是花吧？"这个我自己其实也已不大弄得清楚，只好存而不论了。

在高小的一个春天，有人提议到城外F寺里吃桃子去，而且预备白吃；不让吃就闹一场，甚至打一架也不在乎。那时虽远在五四运动以前，但我们那里的中学生却常有打进戏园看白戏的事。中学生能白看戏，小学生为什么不能白吃桃子呢？我们都这样想，便由那提议人纠合了十几个同学，浩浩荡荡地向城外而去。到了F寺，气势不凡地呵叱着道人们（我们称寺里的工人为道人），立刻领我们向桃园里去。道人们踌躇着说："现在桃树刚才开花呢。"但是谁信道人们的话？我们终于到了桃园里。大家都丧了气，原来花是真开着呢！这时提议人P君便去折花。道人们是一直步步跟着的，立刻上前劝阻，而且用起手来。但P君是我们中最不好惹的；"说时迟，那时快"，一眨眼，花在他的手里，道人已踉跄在一旁了。那一园子的桃花，想来总该有些可看；我们却谁也没有想着去看，只嚷着："没有桃子，得沏茶喝！"道人们满肚子委屈地引我们到"方丈"里，大家各喝一大杯茶。这才平了气，谈谈笑笑地进城去。大概我那时还只懂得爱一朵朵的栀子花，对于开在树上的桃花，是并不了然的；所以眼前的机会，便从眼前错过了。

以后渐渐念了些看花的诗，觉得看花颇有些意思。但到北平读了几年书，却只到过崇效寺一次；而去得又嫌早些，那有名的一株绿牡丹还未开呢。北平看花的事很盛，看花的地方也很多；但那时热闹的似乎也只有一班诗人名士，其余还是不相干的。那正是新文学运动的起头，我们这些少年，对于旧诗和那一班诗人名士，实在有些不敬；而看花的地方又都远不可言，我是一个懒人，便干脆地断了那条心了。后来到杭州做事，遇见了Y君，他是新诗人兼旧诗人，看花的兴致很好。我和他常到孤山去看梅花。孤山的梅花是古今有名的，但太少；又没有临水的，人也太多。有一回坐在放鹤亭上喝茶，来了一个方面有须，穿着花缎马褂的人，用湖南口音和人打招呼道："梅花盛开嗒！""盛"字说得特别重，使我吃了一惊；但我吃惊的也只是说在他嘴里"盛"这个声音罢了，花的盛不盛，在我倒并没有什么的。

有一回，Y来说，灵峰寺有三百株梅花；寺在山里，去的人也少。我和Y，还有N君，从西湖边雇船到岳坟，从岳坟入山。曲曲折折走了好一会，又上了许多石级，才到山上寺里。寺甚小，梅花便在大殿西边园中。园也不大，东墙下有三间净室，最宜喝茶看花；北边有座小山，山上有亭，大约叫"望海亭"吧，望海是未必，但钱塘江与西湖是看得见的。梅树确是不少，密密地低低地整列着。那时已是黄昏，寺里只我们三个游人；梅花并没有开，但那珍珠似的繁星似的骨都儿，已经够可爱了；我们都觉得比孤山上盛开时有味。大殿上正做晚课,送来梵呗的声音,和着梅林中的暗香,真叫我们舍不得回去。在园里徘徊了一会,又在屋里坐了一会,天是黑定了,又没有月色,我们向庙里要了一个旧灯笼,照着下山。路上几乎迷了道,又两次三番地狗咬;我们的Y诗人确有些窘了,但终于到了岳坟。船夫远远迎上来道:"你们来了,我想你们不会冤我呢!"在船上,我们还不离口地说着灵峰的梅花,直到湖边电灯光照到我们的眼。

Y回北平去了,我也到了白马湖。那边是乡下,只有沿湖与杨柳相间着种了一行小桃树,春天花发时,在风里娇媚地笑着。还有山里的杜鹃花也不少。这些日日在我们眼前,从没有人像煞有介事地提议:"我们看花去。"但有一位S君,却特别爱养花;他家里几乎是终年不离花的。我们上他家去,总看他在那里不是拿着剪刀修理枝叶,便是提着壶浇水。我们常乐意看着。他院子里一株紫薇花很好,我们在花旁喝酒,不知多少次。白马湖住了不过一年,我却传染了他那爱花的嗜好。但重到北平时,住在花事很盛的清华园里,接连过了三个春,却从未想到去看一回。只在第二年秋天,曾经和孙三先生在园里看过几次菊花。"清华园之菊"是著名的,孙三先生还特地写了一篇文,画了好些画。但那种一盆一干一花的养法,花是好了,总觉没有天然的风趣。直到去年春天,有了些余闲,在花开前,先向人问了些花的名字。一个好朋友是从知道姓名起的,我想看花也正是如此。恰好Y君也常来园中,我们一天三四趟地到那些花下去徘徊。今年Y君忙些,我便一个人去。我爱繁花老干的杏,临风婀娜的小红桃,贴梗累累如珠的紫荆;但最恋恋的是西府海棠。海棠的花繁得好,也淡得好;艳极了,却没有一丝荡意。疏疏的高干子,英气隐隐逼人。可惜没有趁着月色看过;王鹏运有两句词道:"只愁淡月朦胧影,难验微波上下潮。"我想月下的海棠花,大约便是这种光景吧。为了海棠,前两天在城里特地冒了大风到中山公园去,看花的人倒也不少;但不知怎的,却忘了畿辅先哲祠。Y告我那里的一株,遮住了大半个院子;别处的都向上长,这一株却是横里伸张的。花的繁没有法说;海棠本无香,昔人常以为恨,这里花太繁了,却酝酿出一种淡淡的香气,使人久闻不倦。Y告我,正是刮了一日还不息的狂风的晚上;他是前一天去的。他说他去时地上已有落花了,这一日一夜的风,准完了。他说北平看花,是要赶着看的:春光太短了,又晴的日子多;今年算是有阴的日子了,但狂风还是逃不了的。我说北平看花,比别处有意思,也正在此。这时候,我似乎不甚菲薄那一班诗人名士了。

原载于 1930 年 5 月 4 日《清华周刊》第 33 卷第 9 期文艺专号

快阁的紫藤花

徐蔚南

细雨濛濛,百无聊赖之时,偶然从《花间集》里翻出了一朵小小的枯槁的紫藤花,花色早褪了,花香早散了。啊,紫藤花!你真令人怜爱呢。岂仅怜爱你,我还怀念着你的姊妹们——一架白色的紫藤,一架青莲色的紫藤——在那个园中静悄悄地消受了一宵冷雨,不知今朝还能安然无恙否?

啊,紫藤花!你常住在这诗集里吧;你是我前周畅游快阁的一个纪念。

快阁是陆放翁饮酒赋诗的故居,离城西南三里,正是鉴湖绝胜之处;去岁初秋,我曾经去过了,寒中又重游一次,前周复去是第三次了。但前两次都没有给我多大印象,这次去后,情景不同了,快阁的景物时时在眼前显现——尤其使人难忘的,便是那园中的两架紫藤。

快阁临湖而建,推窗外望:远处是一带青山,近年是隔湖的田亩。田亩间分成红绿黄三色：红的是紫云英，绿的是豌豆叶，黄的是油菜花。一片一片互相间着，美丽得远胜人间锦绣。东向，丛林中，隐约间露出一个塔尖，尤有诗意。桨声渔歌又不时从湖面飞来。这样的景色，晴天固然极好，雨天也必神妙，诗人居此，安得不颓放呢？放翁自己说：

桥如虹，水如空，一叶飘然烟雨中，天教称放翁。

是的，确然天叫他称放翁的。

阁旁有花园二，一在前，一在后。前面的一个又以墙壁分成为二，前半叠假山，后半凿小池。池中植荷花；如在夏日，红莲白莲，盖满一池，自当另有一番风味。池前有春花秋月楼，楼下有匾额曰"飞跃处"，此是指池鱼言。其实，池中只有很小很小的小鱼，要它跃也跃不起来，如何会飞跃呢？

园中的映山红和踯躅都很鲜妍，但远不及山中野生的自然。

自池旁折向北，便是那后花园了。

我们一踏进后花园，便有一架紫藤呈在我们眼前。这架紫藤正在开花最盛的时候，一球一球重叠盖在架上的，俯垂在架旁的尽是花朵。花心是黄的，花瓣是洁白的，而且看上去似乎很肥厚的。更有无数的野蜂在花朵上下左右嗡嗡地叫着——乱哄哄地飞着。它们是在采蜜吗？它们是在舞蹈吗？它们是在和花朵游戏吗？……

我在架下仰望这一堆花，一群蜂，我便想象这无数的白花朵是一群天真无垢的女孩子，伊们赤裸裸地在一块儿拥着，抱着，偎着，卧着，吻着，戏着；那无数的野蜂便是一大群的男孩，他们正在唱歌给伊们听，正在奏乐给伊们听。渠们是结恋了。渠们是在痛快地享乐那阳春。渠们是在创造只有青春，只有恋爱的乐土。

这种想象决不是仅我一人所有，无论谁看了这无数的花和蜂都将生出一种神秘的想象来。同我一块儿去的方君看见了也拍手叫起来，他向那低垂的一球花朵热烈地亲了个嘴，说道："鲜美呀！呀，鲜美！"他又说："我很想把花朵摘下两枝来挂在耳上呢。"

离开这架白紫藤十几步，有一围短短的冬青。绕过冬青，穿过一畦豌豆，又是一架紫藤。不过这一架是青莲色的，和那白色的相比，各有美处。但是就我个人说，却更爱这青莲色的，因为淡薄的青莲色呈在我眼前，便能使我感得一种平和，一种柔婉，并且使我有如饮了美酒，有如进了梦境。

很奇异，在这架花上，野蜂竟一只也没有。落下来的花瓣在地上已有薄薄的一层。原来这架花朵的青春已逝了，无怪野蜂散尽了。

我们在架下的石凳上坐了下来，观看那正在一朵一朵飘下的花儿。花也知道求人爱怜似的，轻轻地落了一朵在我膝上，我俯下看时，颈项里感得飕飕地一冷，原来又是一朵。它接连着落下来，落在我们的眉上，落在我们的脚上，落在我们的肩上。我们在这又轻又软又香的花雨里几乎睡去了。

猝然"骨碌碌"一声怪响，我们如梦初醒，四目相向，颇形惊诧。即刻又是"骨碌碌"地响了。

方君说:"这是啄木鸟。"

临去时,我总舍不得这架青莲色的紫藤,便在地上拾了一朵夹在《花间集》里。夜深人静的时候,我每取出这朵花来默视一会儿。

选自《龙山梦痕》,开明书店 1926 年

蛛丝和梅花

林徽因

真真地就是那么两根蛛丝,由门框边轻轻地牵到一枝梅花上。就是那么两根细丝,迎着太阳光发亮……再多了,那还像样么?一个摩登家庭如何能容蛛网在光天白日里作怪,管它有多美丽,多玄妙,多细致,够你对着它联想到一切自然,造物的神工和不可思议处;这两根丝本来就该使人脸红,且在冬天够多特别!可是亮亮的,细细的,倒有点像银,也有点像玻璃制的细丝,委实不算讨厌,尤其是它们那么潇脱风雅,偏偏那样有意无意地斜着搭在梅花的枝梢上。

你向着那丝看,冬天的太阳照满了屋内,窗明几净,每朵含苞的,开透的,半开的梅花在那里挺秀吐香,情绪不禁迷茫缥缈地充溢心胸,在那刹那的时间中振荡。同蛛丝一样的细弱,和不必需,思想开始抛引出去:由过去牵到将来,意识的,非意识的,由门框梅花牵出宇宙,浮云沧波踪迹不定。是人性,艺术,还是哲学,你也无暇计较，你不能制止你情绪的充溢，思想的驰骋，蛛丝梅花竟然是瞬息可以千里！

好比你是蜘蛛，你的周围也有你自织的蛛网，细致地牵引着天地，不怕多少次风雨来吹断它，你不会停止了这生命上基本的活动。此刻"……一枝斜好，幽香不知甚处……"

拿梅花来说吧，一串串丹红的结蕊缀在秀劲的傲骨上，最可爱，最可赏，等半绽将开地错落在老枝上时，你便会心跳！梅花最怕开；开了便没话说。索性残了，沁香拂散同夜里炉火都能成了一种温存的凄清。

记起了，也就是说到梅花，玉兰。初是有个朋友说起初恋时玉兰刚开完，天气每天的暖，住在湖旁，每夜跑到湖边林子里走路，又静坐幽僻石上看隔岸灯火，感到好像仅有如此虔诚地孤对一片泓碧寒星远市，才能把心里情绪抓紧了，放在最可靠最纯净的一撮思想里，始不至亵渎了或是惊着那"寤寐思服"的人儿。那是极年轻的男子初恋的情景——对象渺茫高远，反而近求"自我的"郁结深浅——他问起少女的情绪。

就在这里，忽记起梅花。一枝两枝，老枝细枝，横着，虬着，描着影子，喷着细香；太阳淡淡金色地铺在地板上；四壁琳琅，书架上的书和书签都像在发出言语；墙上小对联记不得是谁的集句；中条是东坡的诗。你敛住气，简直不敢喘息，踮起脚，细小的身形嵌在书房中间，看残照当窗，花影摇曳，你像失落了什么，有点迷惘。又像"怪东风着意相寻"，有点儿没主意！浪漫，极端的浪漫。"飞花满地谁为扫?"你问,情绪风似的吹动,卷过,停留在惜花上面。再回头看看,花依旧嫣然不语。"如此娉娉,谁人解看花意",你更沉默,几乎热情地感到花的寂寞,开始怜花,把同情统统诗意地交给了花心!

这不是初恋,是未恋,正自觉"解看花意"的时代。情绪的不同,不止是男子和女子有分别,东方和西方也甚有差异。情绪即使根本相同,情绪的象征,情绪所寄托,所栖止的事物却常常不同。水和星子同西方情绪的联系,早就成了习惯。一颗星子在蓝天里闪,一流冷涧倾泻一片幽愁的平静,便激起他们诗情的波涌,心里甜蜜地,热情地便唱着由那些鹅羽的笔锋散下来的"她的眼如同星子在暮天里闪",或是"明丽如同单独的那颗星,照着晚来的天",或"多少次了,在一流碧水旁边,忧愁倚下她低垂的脸"。

惜花,解花太东方,亲昵自然,含着人性的细致是东方传统的情绪。

此外年龄还有尺寸,一样是愁,却跃跃似喜,十六岁时的,微风零乱,不颓废,不空虚,踏着理想的脚充满希望,东方和西方却一样。人老了脉脉烟雨,愁吟或牢骚多折损诗的活泼。大家如香山,稼轩,东坡,放翁的白发华发,很少不梗在诗里,至少是令人不快。话说远了,刚说是惜花,东方老少都免不了这嗜好,这倒不论老的雪鬓曳杖,深闺里也就攒眉千度。

最叫人惜的花是海棠一类的"春红",那样娇嫩明艳,开过了残红满地,太招惹同情和伤感。但在西方即使也有我们同样的花,也还缺乏我们的廊庑庭院。有了"庭院深深深几许"才有一种庭院里特有的情绪。如果李易安的"斜风细雨"底下不是"重门须闭"也就不"萧条"得那样深沉可爱;李后主的"终日谁来"也一样的别有寂寞滋味。看花更须庭院,深深锁在里面认识,不时还得有轩窗栏杆,给你一点凭借,虽然也用不着十二栏杆倚遍,那么惭弱无聊。

当然旧诗里伤愁太多;一首诗竟像一张美的证券,可以照着市价去兑现!所以庭花,乱红,黄昏,寂寞太滥,诗常失却诚实。西洋诗,恋爱总站在前头,或是"忘掉",或是"记起",月是为爱,花也是为爱,只是全是真情,也未尝不太腻味。就以两边好的来讲。拿他们的月光同我们的月色比,似乎是月色滋味深长得多。花更不用说了;我们的花"不是预备采下缀成花球,或花冠献给恋人的",却是一树一树绰约的,个性的,自己立在情人的地位上接受恋歌的。

所以未恋时的对象最自然的是花,不是因为花而起的感慨——十六岁时无所谓感慨——仅是刚说过的自觉解花的情绪,寄托在那清丽无语的上边,你心折它绝韵孤高,你为花动了感情,实说你同花恋爱,也未尝不可——那惊讶狂喜也不减于初恋。还有那凝望,那沉思……

一根蛛丝!记忆也同一根蛛丝,搭在梅花上就由梅花枝上牵引出去,虽未织成密网,这诗意的前后,也就是相隔十几年的情绪的联络。

午后的阳光仍然斜照,庭院阒然,离离疏影,房里窗棂和梅花依然伴和成为图案,两根蛛丝在冬天还可算为奇迹,你望着它看,真有点像银,也有点像玻璃,偏偏那么斜挂在梅花的枝梢上。

原载于1936年2月2日《大公报·文艺》第86期星期特刊

秋菊有佳色

周瘦鹃

"秋菊有佳色，裛露掇其英"，这是晋代高士陶渊明诗中的名句，与"采菊东篱下，悠然见南山"同为千古所传诵，一方面也就使他成了一位热爱菊花的代表人物。后来民间奉他为九月花神，就为了他爱菊之故。据说他所爱赏的一种菊花，名九华菊。他曾说秋菊盈园，而诗集中仅存九华之一名。此菊越中呼之为"大笑"，白瓣黄心，花头极大，有阔及二寸四五分的，枝叶疏散，香也清胜，九月半开放，在白菊中推为第一。有一次，渊明因九月九日没有酒赏重阳，只枯坐在宅边菊花丛中，采了一大把菊花欣赏着。一会儿望见白衣人到，乃是江州刺史王弘送酒来了，即便欣然就酌，而以菊花为下酒物，也足见他的闲情逸致了。记得一九五一年秋间公园开菊展，我也有盆菊和盆景参加。就中有一个盆景，以渊明为题材，用含蕊的黄色满天星，种在一只椭圆形的紫砂浅盆里，东面一角用细紫竹做成方眼的矮篱，安放一个广窑的老叟坐像，把卷看菊，作为陶渊明，标名"赏菊东篱"。一九五三年秋间，我又参加拙政园的菊展，在一个种着两棵小松的盆景里，再种了一株含苞未放的小黄菊，松下也安放了一个老叟的坐像，标名"松菊犹存"。这两个盆景，都借重他老人家作为题材，博得了观众的好评。

我国之有菊花，历史最为悠久，算来已有二三千年了。《礼记·月令》，曾有"季秋之月，菊有黄华"之句，大概那时只有黄菊一种，不像现在这样十色五光，应有尽有。到了战国时代，爱国诗人屈原的《楚辞》中，曾有"夕餐秋菊之落英"的名句。为了这一句，后人聚讼纷纭，以为菊花只会干，不会落，怎么说是落英？其实屈大夫并没有错，落，始也，落英就是说初开的花，色香味都好，确实可吃。

一般人都以为重阳可以赏菊，古人诗文中，也常有重阳赏菊的记载。然而据我的经验，每年逢到重阳节，往往无菊可赏，总要延迟到十月。宋代诗人苏东坡也曾经说，岭南气候不常，他原以为菊花开时即重阳，因此在海南种菊九畹，不料到了仲冬方才开放，于是只得挨到十一月十五日，方置酒宴客，补作"重九会"。

明太祖朱元璋，曾有一首菊花诗："百花发，我不发；我若发，都骇煞。[①]要与西风战一场，遍身穿就黄金甲。"就咏菊来说，那倒把菊花坚强的斗争精神，全都表达了出来。

---

① 据朱元璋《咏菊》，这两句应是："百花发时我不发，我若发时都吓杀。"
——编者注

明代名儒陆平泉初入史馆时，因事和同馆诸人去见宰相严嵩，大家争先恐后挤上前去献媚，陆却退让在后面，不屑和他们争竞，那时他恰见庭中陈列着许多盆菊，就冷冷地说道："诸君且从容一些，不要挤坏了陶渊明！"语中有刺，十分隽妙，大家听了，都面有愧色。

宋高宗时，宫廷中有一位善歌善舞的菊夫人，号"菊部头"，后来不知怎的，称病告归。太监陈源将厚礼聘请了去，把她留在西湖的别墅里，以供耳目之娱。有一天宫廷有歌舞，表演不称帝旨，提举官开礼启奏道："这个非菊部头不可。"于是重新把菊夫人召了进去，从此不出。陈源伤感之余，几乎病倒。有人作了曲献给他，名《菊花新》，陈大喜，将田宅金帛相报。后来陈每听此曲，总是感动得落泪，不久就死了。"菊部头"三字，现在往往用作京剧名艺人的代名词。

古今来歌颂菊花的诗文词赋实在太多了，举不胜举。我却单单欣赏宋末爱国者郑所南《铁函心史》中两首诗，真的是诗如其人，不同凡俗。一首是菊花歌，中有句云："万木摇落百草死，正色与秋争光明。背时独立抱寂寞，心香贞烈透寥廓。"一首是餐菊花歌，有"道人四时花为粮，骨生灵气身吐香。闻到菊花大欢喜，拍手笑歌频颠狂。……尘尘劫劫黄金身，永救娑婆众生苦"[①]等句，

[①] 据郑所南《餐菊花歌》，这几句应是："道人四时花为粮，骨生灵气身吐香。闻到菊花大欢喜，拍手歌笑频颠狂。……尘尘刹刹黄金身，永救娑婆众生苦。"——编者注

意义深长，浑不辨是咏菊花还是咏他自己。晚节黄花，得了这位铁骨嶙峋的爱国者一唱三叹，更觉生色不少。

我藏有一张上海故名画家王一亭所画的册页，画中有黄菊盆栽，高高地供在竹架上，一老者坐在矮几旁，持螯饮酒，意态很为悠闲，真是一幅绝妙的持螯赏菊图。原来菊花开放时，正是秋高蟹肥的季节，旧时一般文人，往往要邀一二知友，边看菊边吃蟹的。昔人小简中，如明代王伯谷寄孙汝师云："江上黄花灿若金，蟹匡大于斗，山气日夕佳，树如沐，翠色满眼，顾安得与足下箕踞拍浮乎？"张孟雨与友乞菊云："空斋如水，不点缀东篱秋色，彭泽笑人。乞移一二种，微香披座，落英可餐，当拉柴桑君持螯赏之也。"这里都是把菊花和蟹联系在一起的。

菊花中香气最可爱的，要算梨香菊，要是把手掌覆在花朵上嗅一嗅，就可闻到一种甜香，活像是天津的雅梨。据说最初发现时，还在清代同治、光绪年间，不知由哪一个大官进贡于西太后。太后大为爱赏，后来赏了一本给南通张謇。张家的园丁偷偷地分种出卖，就流传出去，几乎到处都有了。花作白色，品种并不高贵，所可爱的，就是那一股雅梨般的甜香罢了。

在菊花时节，我怀念一位北京种菊的专家刘契园先生，他正在孜孜不倦地保存旧种，培养新种，获得了很大的成就。近年来他又采用了短日照培植法，使菊花提前一个月到两个月开放，人家的菊花正在含蕊，而他的园地上已有一部分盆菊早就怒放了。

我与刘先生虽未识面，却是神交已久。他曾托苏州老诗人张松身前辈向我征诗,我胡诌了七绝两首寄去,有"松菊为朋心似月,悬知彭泽是前身,黄金万镒何须计,菊有黄花便不贫"等句。刘先生得诗之后,很为高兴,回信说倘有机会,要把他的菊种相报。我对于他老人家的种种名菊,早就心向往之了,只是从未见过,真是时切相思,如今听说要将菊种见赐,怎么不大喜过望呢?可是地北天南,寄递不便,只好望眼欲穿地期待着。一九五六年夏苏州公园的花工濮根福同志,恰好到首都去出席全国先进生产者代表大会,我就写了封信托他带去,向刘先生道候,并婉转地说我老是在想望他的"老圃秋容"。

　　大会结束后,濮同志回到苏州来了,说曾见过了刘老先生,并带来了菊种六十个,共三十种,分作两份:一份赠与苏州市园林管理处,一份是赠与我的。我拜领之下,欣喜已极,就托濮同志代为培植。刘先生还开了一个名单给我,有"碧蕊玲珑""金凤含珠""霜里婵娟""杏花春雨""天孙织锦""银河长泻""霓裳仙舞""武陵春色""紫龙卧雪"等等,都是富有诗意的名称,我一个个吟味着,又瞧着那六十个绿油油的脚芽,恨不得立刻看它们开出五色缤纷的好花来。经了濮同志几个月的辛苦培养,六十个芽全都发了叶,含了蕊,末了完全开放,真是丰富多彩,使小园中生色不少。我为了急于参加上海中山公园的菊展,就先取一本半开的黄菊,翻种在一只古铜的三元鼎里,加上一块英石,姿态入画,大书特书道:"北京来的客"。

　　刘先生不但是个艺菊专家,而且是一位诗人。他虽已年逾古稀，却老而弥健，一面艺菊，一面赋诗，曾先后寄了两张诗笺给我，不论一诗一词，都以菊为题材。他那契园中的室名斋名，如"寒荣室""守澹斋""晚香簃""延龄馆""寄傲轩"等，全都离不了菊，也足见他对于菊花的热爱。

刘先生艺菊，并不墨守成规，专重老种，每年还用人工传粉杂交，因此新奇的品种层出不穷，真是富于创造性的。他除了采用短日照培植法催使菊花早开外，还想利用原子能，曾赋诗言志云："原子云何可示踪？内含同位素相冲。叶中放射添营养，根外追肥易吸溶。利用驱虫如喷药，预期增产慰劳农。我思推进秋华上，一样更新喜改容。"我预祝他老人家成功。

选自《拈花集》，上海文化出版社1983年6月

第六章
这也是生活

第六章

苦難と希望

"无事此静坐"

汪曾祺

我的外祖父治家整饬,他家的房屋都收拾得很清爽,窗明几净。他有几间空房,檐外有几棵梧桐,室内有木榻、漆桌、藤椅。这是他待客的地方。但是他的客人很少,难得有人来。这几间房子是朝北的,夏天很凉快。南墙挂着一条横幅,写着五个正楷大字:

无事此静坐

我很欣赏这五个字的意思。稍大后,知道这是苏东坡的诗,下面的一句是:

一日当两日

事实上,外祖父也很少到这里来。倒是我常常拿了一本闲书,悄悄走进去,坐下来一看半天,看起来,我小小年纪,就已经有一点隐逸之气了。

静,是一种气质,也是一种修养。诸葛亮云:"非淡泊无以明志,非宁静无以致远。"心浮气躁,是成不了大气候的。静是要经过锻炼的,古人叫做"习静"。唐人诗云:"山中习静朝观槿,松下清斋折露葵。""习静"可能是道家的一种功夫,习于安静确实是生活于扰攘的尘世中人所不易做到的。静,不是一味地孤寂,不闻世事。我很欣赏宋儒的诗:"万物静观皆自得,四时佳兴与人同。"唯静,才能观照万物,对于人间生活充满盎然的兴致。静是顺乎自然,也是合乎人道的。

世界是喧闹的。我们现在无法逃到深山里去,唯一的办法是闹中取静。毛主席年轻时曾采取了几种锻炼自己的方法,一种是"闹市读书"。把自己的注意力高度集中起来,不受外界干扰,我想这是可以做到的。

这是一种习惯,也是环境造成的。我下放张家口沙岭子农业科学研究所劳动,和三十几个农业工人同住一屋。他们吵吵闹闹,打着马锣唱山西梆子,我能做到心如止水,照样看书、写文章。我有两篇小说,就是在震耳的马锣声中写成的。这种功夫,多年不用,已经退步了,我现在写东西总还是希望有个比较安静的环境,但也不必一定要到海边或山边的别墅中才能构想。

大概有十多年了,我养成了静坐的习惯。我家有一对旧沙发,有几十年了。我每天早上泡一杯茶,点一支烟,坐在沙发里,坐一个多小时。虽是犹然独坐，然而浮想联翩。一些故人往事、一些声音、一些颜色、一些语言、一些细节，会逐渐在我的眼前清晰起来、生动起来。这样连续坐几个早晨，想得成熟了，就能落笔写出一点东西。我的一些小说散文，常得之于清晨静坐之中。曾见齐白石一幅小画，画的是淡蓝色的野藤花，有很多小蜜蜂，有颇长的题记，说这是他家的野藤，花时游蜂无数，他有个孙子曾被蜂螫，现在这个孙子也能画这种藤花了，最后两句我一直记得很清楚："静思往事，如在目底。"这段题记是用金冬心体写的，字画皆极娟好。"静思往事，如在目底"，我觉得这是最好的创作心理状态。就是下笔的时候，也最好心里很平静，如白石老人题画所说："心闲气静时一挥。"

我是个比较恬淡平和的人，但有时也不免浮躁，最近就有点如我家乡话所说"心里长草"。我希望政通人和，使大家能安安静静坐下来，想一点事，读一点书，写一点文章。

原载于 1989 年 10 月 18 日《消费时报》

窗子以外

林徽因

话从哪里说起？等到你要说话，什么话都是那样渺茫得找不到个源头。

此刻，就在我眼帘底下坐着是四个乡下人的背影：一个头上包着黯黑的白布，两个褪色的蓝布，又一个光头。他们支起膝盖，半蹲半坐的，在溪沿的短墙上休息。每人手里一件简单的东西；一个是白木棒，一个篮子，那两个在树荫底下我看不清楚。无疑地他们已经走了许多路，再过一刻，抽完一筒旱烟以后，是还要走许多路的。兰花烟的香味频频随着微风，袭到我官觉上来，模糊中还有几段山西梆子的声调，虽然他们坐的地方是在我廊子的铁纱窗以外。

铁纱窗以外，话可不就在这里了。永远是窗子以外，不是铁纱窗就是玻璃窗，总而言之，窗子以外！

所有的活动的颜色、声音、生的滋味，全在那里的，你并不是不能看到，只不过是永远地在你窗子以外罢了。多少百里的平原土地，多少区域的起伏的山峦，昨天由窗子外映进你的眼帘，那是多少生命日夜在活动着的所在；每一根青的什么麦黍，都有人流过汗；每一粒黄的什么米粟，都有人吃去；其间还有的是周折，是热闹，是紧张！可是你则并不一定能看见，因为那所有的周折，热闹，紧张，全都在你窗子以外展演着。

  在家里罢，你坐在书房里，窗子以外的景物本就有限。那里两树马缨，几棵丁香；榆叶梅横出疯权的一大枝；海棠因为缺乏阳光，每年只开个两三朵——叶子上满是虫蚁吃的创痕，还卷着一点焦黄的边；廊子幽秀地开着扇子式，六边形的格子窗，透过外院的日光，外院的杂音。什么送煤的来了，偶然你看到一个两个被煤炭染成黔黑的脸；什么米送到了，一个人掮着一大口袋在背上，慢慢踱过屏门；还有自来水、电灯、电话公司来收账的，胸口斜挂着皮口袋，手里推着一辆自行车；更有时厨子来个朋友了，满脸的笑容，"好呀，好呀！"地走进门房；什么赵妈的丈夫来拿钱了，那是每月一号一点都不差的，早来了你就听到两个人唧唧哝哝争吵的声浪。那里不是没有颜色，声音，生的一切活动，只是他们和你总隔个窗子——扇子式的，六边形的，纱的，玻璃的！

  你气闷了把笔一搁说，这叫做什么生活！你站起来，穿上不能算太贵的鞋袜，但这双鞋和袜的价钱也就比——想它做什么，反正有人每月的工资，一定只有这价钱的一半乃至于更少。你出去雇洋车了，拉车的嘴里所讨的价钱当然是要比例价高得多，难道你就傻子似的答应下来？不，不，三十二子，拉就拉，不拉，拉倒！心里也明白，如果真要充内行，你就该说，二十六子，拉就拉——但是你好意思争！

　　车开始辗动了，世界仍然在你窗子以外。长长的一条胡同，一个个大门紧紧地关着。就是有开的，那也只是露出一角，隐约可以看到里面有南瓜棚子，底下一个女的，坐在小凳上缝缝做做的；另一个，抓住还不能走路的小孩子，伸出头来喊那过路卖白菜的。至于白菜是多少钱一斤，那你是听不见了，车子早已拉得老远，并且你也无须乎知道的。在你每月费用之中，伙食是一定占去若干的。在那一笔伙食费里，白菜又是多么小的一个数。难道你知道了门口卖的白菜多少钱一斤，你真把你哭丧着脸的厨子叫来申斥一顿，告诉他每一斤白菜他多开了你一个"大子儿"？

　　车越走越远了，前面正碰着粪车，立刻你拿出手绢来，皱着眉，把鼻子蒙得紧紧的，心里不知怨谁好。怨天做的事太古怪，好好的美丽的稻麦却需要粪来浇！怨乡下人太不怕臭，不怕脏，发明那么两个篮子，放在鼻前手车上，推着慢慢走！你怨市里行政人员不认真办事，如此脏臭不卫生的旧习不能改良，十余年来对这粪车难道真无办法？为着强烈的臭气隔着你窗子还不够远，因此你想到社会卫生事业如何还办不好。

　　路渐渐好起来，前面墙高高的是个大衙门。这里你简直不止隔个窗子，这一带高高的墙是不通风的。你不懂里面有多少办事员，办的都是什么事；多少浓眉大眼的，对着乡下人做买卖的吆喝诈取；多少个又是脸黄黄的可怜虫，混半碗饭分给一家子吃。自欺欺人，里面天天演的到底是什么把戏？但是如果里面真有两三个人拼了命在那里奋斗，为许多人争一点便利和公道，你也无从知道！

到了热闹的大街了，你仍然像在特别包厢里看戏一样，本身不会，也不必参加那出戏；倚在栏杆上，你在审美的领略，你有的是一片闲暇。但是如果这里洋车夫问你在哪里下来，你会吃一惊，仓卒不知所答。生活所最必需的你并不缺乏什么，你这出来就也是不必需的活动。

偶一抬头，看到街心和对街铺子前面那些人，他们都是急急忙忙地，在时间金钱的限制下采办他们生活所必需的。两个女人手忙脚乱地在监督着店里的伙计称秤。二斤四两，二斤四两的什么东西，且不必去管，反正由那两个女人的认真的神气上面看去，必是非同小可，性命交关的货物。并且如果称得少一点时，那两个女人为那点吃亏的分量必定感到重大的痛苦；如果称得多时，那伙计又知道这年头那损失在东家方面真不能算小。于是那两边的争持是热烈的，必须的，大家声音都高一点；女人脸上呈块红色，头发披下了一缕，又用手抓上去；伙计则维持着客气，口里嚷着：错不了，错不了！

热烈的，必须的，在车马纷纭的街心里，忽然由你车边冲出来两个人；男的，女的，各各提起两脚快跑。这又是干什么的，你心想，电车正在拐大弯。那两人原就追着电车，由轨道旁边擦过去，一边追着，一边向电车上卖票的说话。电车是不容易赶的，你在洋车上真不禁替那街心里奔走赶车的担心。但是你也知道如果这趟没赶上，他们就可以在街旁站个半点来钟，那些宁可望穿秋水不雇洋车的人，也就是因为他们的生活而必须计较和节省到洋车同电车价钱上那相差的数目。

此刻洋车跑得很快，你心里继续着疑问你出来的目的，到底采办一些什么必需的货物。眼看着男男女女挤在市场里面，门首出来一个进去一个，手里都是持着包包裹裹，里边虽然不会全是他们当日所必需的，但是如果当中夹着一盒稍微奢侈的物品，则亦必是他们生活中间闪着亮光的一个愉快！你不是听见那人说么？里面草帽，一块八毛五，贵倒贵点，可是"真不赖！"他提一提帽盒向着打招呼的朋友，他摸一摸他那剃得光整的脑袋，微笑充满了他全个脸。那时那一点迸射着光闪的愉快，当然的归属于他享受，没有一点疑问，因为天知道，这一年中他多少次地克己省俭，使他赚来这一次美满的，大胆的奢侈！

那点子奢侈在那人身上所发生的喜悦，在你身上却完全失掉作用，没有闪一星星亮光的希望！你想，整年整月你所花费的，和你那窗子以外的周围生活程度一比较，严格算来，可不都是非常靡费的用途？每奢侈一次，你心上只有多难过一次，所以车子经过的那些玻璃窗口，只有使你更惶恐，更空洞，更怀疑，前后彷徨不着边际。并且看了店里那些形形色色的货物，除非你真是傻子，难道不晓得它们多半是由哪一国工厂里制造出来的！奢侈是不能给你愉快的，它只有要加增你的戒惧烦恼。每一尺好看点的纱料，每一件新鲜点的工艺品！

你诅咒着城市生活，不自然的城市生活！检点行装说，走了，走了，这沉闷没有生气的生活，实在受不了，我要换个样子过活去。健康的旅行既可以看看山水古刹的名胜，又可以知道点内地纯朴的人情风俗。走了，走了，天气还不算太坏，就是走他一个月六礼拜也是值得的。

没想到不管你走到哪里，你永远免不了坐在窗子以内的。不错，许多时髦的学者常常骄傲地带上"考察"的神气，架上科学的眼镜，偶然走到哪里一个陌生的地方瞭望，但那无形中的窗子是仍然存在的。不信，你检查他们的行李，有谁不带着罐头食品，帆布床，以及别的证明你还在你窗子以内的种种零星用品，你再摸一摸他们的皮包，那里短不了有些钞票；一到一个地方，你有的是一个提梁的小小世界。不管你的窗子朝向哪里望，所看到的多半则仍是在你窗子以外，隔层玻璃，或是铁纱！隐隐约约你看到一些颜色，听到一些声音，如果你私下满足了，那也没有什么，只是千万别高兴起说什么接触了，认识了若干事物人情，天知道那是罪过！洋鬼子们的一些浅薄，千万学不得。

你是仍然坐在窗子以内的，不是火车的窗子，汽车的窗子，就是客栈逆旅的窗子，再不然就是你自己无形中习惯的窗子，把你搁在里面。接触和认识实在谈不到，得天独厚的闲暇生活先不容你。一样是旅行，如果你背上掮的不是照相机而是一点做买卖的小血本，你就需要全副的精神来走路：你得留神投宿的地方；你得计算一路上每吃一次烧饼和几颗沙果的钱；遇着同行的战战兢兢的打招呼，互相捧出诚意，遇着困难时好互相关照帮忙，到了一个地方你是真带着整个血肉的身体到处碰运气，紧张的境遇不容你不奋斗，不与其他奋斗的血和肉的接触，直到经验使得你认识。

　　前日公共汽车里一列辛苦的脸，那些谈话，里面就有很多生活的分量。陕西过来做生意的老头和那旁坐的一股客气，是不得已的；由交城下车的客人执着红粉包纸烟递到汽车行管事手里也是有多少理由的，穿棉背心的老太婆默默地挟住一个蓝布包袱，一个钱包，是在用尽她的全副本领的，果然到了冀村，她错过站头，还亏别个客人替她要求车夫，将汽车退行两里路，她还不大相信地望着那村站，口里噜哞着这地方和上次如何两样了。开车的一面发牢骚一面爬到车顶替老太婆拿行李，经验使得他有一种涵养，行旅中少不了有认不得路的老太太，这个道理全世界是一样的，伦敦警察之所以特别和蔼，也是从迷路的老太太孩子们身上得来的。

　　话说了这许多，你仍然在廊子底下坐着，窗外送来溪流的喧响，兰花烟气味早已消失，四个乡下人这时候当已到了上流"庆和义"磨坊前面。昨天那里磨坊的伙计很好笑的满脸挂着面粉，让你看着磨坊的构造；坊下的木轮，屋里旋转着的石碾，又在高低的院落里，来回看你所不经见的农具在日影下列着。院中一棵老槐、一丛鲜艳的杂花、一条曲曲折折引水的沟渠,伙计和气地说闲话。他用着山西口音,告诉你,那里一年可出五千多包的面粉,每包的价钱约略两块多钱。又说这十几年来,这一带因为山水忽然少了,磨坊关闭了多少家,外国人都把那些磨坊租去做他们避暑的别墅。惭愧的你说,你就是住在一个磨坊里面,他脸上堆起微笑,让面粉一星星在日光下映着,说认得认得,原来你所租的磨坊主人,一个外国牧师,待这村子极和气,乡下人和他还都有好感情。

这真是难得了,并且好感的由来还有实证。就是那一天早上你无意中出去探古寻胜,这一省山明水秀,古刹寺院,动不动就是宋辽的原物,走到山上一个小村的关帝庙里,看到一个铁铎,刻着万历年号,原来是万历赐这村里庆成王的后人的,不知怎样流落到卖古董的手里。七年前让这牧师买去,晚上打着玩,嘹亮的钟声被村人听到,急忙赶来打听,要凑原价买回,情辞恳切。说起这是他们吕姓的祖传宝物,决不能让它流落出境,这牧师于是真个把铁铎还了他们,从此便在关帝庙神前供着。

这样一来你的窗子前面便展开了一张浪漫的图画,打动了你的好奇,管它是隔一层或两层窗子,你也忍不住要打听点底细,怎么明庆成王的后人会姓吕!这下子文章便长了。

如果你的祖宗是皇帝的嫡亲弟弟,你是不会,也不愿忘掉的。据说庆成王是永乐的弟弟,这赵庄村里的人都是他的后代。不过就是因为他们记得太清楚了，另一朝的皇帝都有些老大不放心，雍正间诏命他们改姓，由姓朱改为姓吕，但是他们还有用二十字排行的方法，使得他们不会弄错他们是这一脉子孙。

这样一来你就有点心跳了，昨天你雇来那打水洗衣服的不也是赵庄村来的，并且还姓吕！果然那土头土脑圆脸大眼的少年是个皇裔贵族，真是有失尊敬了。那么这村子一定穷不了，但事实上则不见得。

田亩一片，年年收成也不坏。家家户户门口有特种围墙，像个小小堡垒——当时防匪用的。屋子里面有大漆衣柜衣箱，柜门上白铜擦得亮亮；炕上棉被红红绿绿也颇鲜艳。可是据说关帝庙里已有四年没有唱戏了，虽然戏台还高巍巍地对着正殿。村子这几年穷了，有一位王孙告诉你，唱戏太花钱，尤其是上边使钱。这里到底是隔个窗子，你不懂了，一样年年好收成，为什么这几年村子穷了，只模模糊糊听到什么军队驻了三年多等，更不懂的是，村子向上一年辛苦后的娱乐，关帝庙里唱唱戏，得上面使钱？既然隔个窗子听不明白，你就通气点别尽管问了。

隔着一个窗子你还想明白多少事？昨天雇来吕姓倒水，今天又学洋鬼子东逛西逛，跑到下面养有鸡羊，上面挂有武魁匾额的人家，让他们用你不懂得的乡音招呼你吃菜，炕上坐，坐了半天出到门口，和那送客的女人周旋客气了一回，才恍然大悟，她就是替你倒脏水洗衣裳的吕姓王孙的妈，前晚上还送饼到你家来过！

这里你迷糊了。算了算了！你简直老老实实地坐在你窗子里得了，窗子以外的事，你看了多少也是枉然，大半你是不明白，也不会明白的。

原载于 1934 年 9 月 5 日《大公报·文艺副刊》第 99 期

途 中

梁遇春

今天是个潇洒的秋天,飘着零雨,我坐在电车里,看到沿途店里的伙计们差不多都是懒洋洋地在那里谈天,看报,喝茶——喝茶的尤其多,因为今天实在有点冷起来了。还有些只是倚着柜头,望望天色。总之纷纷扰扰的十里洋场顿然现出闲暇悠然的气概,高楼大厦的商店好像都化做三间两舍的隐庐,里面那班平常替老板挣钱,向主顾赔笑的伙计们也居然感到了生活余裕的乐处,正在拉闲扯散地过日,仿佛全是古之隐君子了。路上的行人也只是稀稀的几个,连坐在电车里面上银行去办事的洋鬼子们也燃着烟斗,无聊赖地看报上的广告,平时的燥气全消,这大概是那件雨衣的效力罢!

到了北站,换上去西乡的公共汽车,雨中的秋之田野是别有一种风味的。外面的濛濛细雨是看不见的,看得见的只是车窗上不断地来临的小雨点,同河面上错杂得可喜的纤纤雨脚。此外还有粉般的小雨点从破了的玻璃窗进来,栖止在我的脸上。我虽然有些寒战，但是受了雨水的洗礼，精神变成格外地清醒。已撄世网，醉生梦死久矣的我真不容易有这么清醒，这么气爽。再看外面的景色，既没有像春天那娇艳得使人们感到它的不能久留，也不像冬天那样树枯草死，好似世界是快毁灭了，却只是静默默地，一层轻轻的雨雾若隐若现地盖着，把大地美化了许多，我不禁微吟着乡前辈姜白石的诗句，真是"人生难得秋前雨"。忽然想到今天早上她皱着眉头说道："这样凄风苦雨的天气，你也得跑那么远的路程，这真可厌呀！"我暗暗地微笑。她那里晓得我正在凭窗赏玩沿途的风光呢？她或者以为我现在必定是哭丧着脸，像个到刑场的死囚，万不会想到我正流连着这叶尚未凋、草已添黄的秋景。同情是难得的，就是错误的同情也是无妨，所以我就让她老是这样可怜着我的仆仆风尘罢；并且有时我有什么逆意的事情，脸上露出不豫的颜色，可以借路中的辛苦来遮掩，免得她一再追究，最后说出真话，使她凭添了无数的愁绪。

其实我是个最喜欢在十丈红尘里奔走道路的人。我现在每天在路上的时间差不多总在两点钟以上，这是已经有好几月了，我却一点也不生厌，天天走上电车，老是好像开始蜜月旅行一样。电车上和道路上的人们彼此多半是不相识的，所以大家都不大拿出假面孔来，比不得讲堂里，宴会上，衙门里的人们那样彼此拼命地一味敷衍。公园，影戏院，游戏场，馆子里面的来客个个都是眉花眼笑的，最少也装出那样子，墓地，法庭，医院，药店的主顾全是眉头皱了几十纹的，这两下都未免太单调了，使我们感到人世的平庸无味，车子里面和路上的人们却具有万般色相，你坐在车里，只要你睁大眼睛不停地观察了三十分钟，你差不多可以在所见的人们脸上看出人世一切的苦乐感觉同人心的种种情调。你坐在位子上默默地鉴赏，同车的客人们老实地让你从他们的形色举止上去推测他们的生平同当下的心境，外面的行人一一现你眼前，你尽可恣意瞧着，他们并不会晓得，而且他们是这么不断地接连走过，你很可以拿他们来彼此比较，这种普通人的行列的确是比什么赛会都有趣得多，路上源源不绝的行人可说是上帝设计的赛会，当然胜过了我们佳节时红红绿绿的玩意儿了。并且在路途中我们的心境是最宜于静观的，最能吸收外界的刺激的。我们通常总是有事干，正经事也好，歪事也好，我们的注意免不了特别集中在一点上，只有路途中，尤其走熟了的长路，在未到目的地以前，我们的方寸是悠然的，不专注于一物，却是无所不留神的，在匆匆忙忙的一生里，我们此时才得好好地看一看人生的真况。所以无论从那一方面说起，途中是认识人生最方便的地方。车中，船上同人行道可说是人生博览会的三张入场券，可惜许多人把它们当作废纸，空走了一生的路。我们有一句古话："读万卷书，行万里路。"所谓行万里路自然是指走遍名山大川，通都大邑，但是我觉换一个解释也是可以。一条的路你来往走了几万遍，凑成了万里这个数目，只要你真用了你的眼睛，你就可以算是懂得人生的人了。俗语说道："秀才不出门，能知天下事。"我们不幸未得入泮，只好多走些路，来见见世面罢！对于人生有了清澈的观照，世上的荣辱祸福不足以扰乱内心的恬静，我们的心灵因此可以获到永久的自由，可见个个的路都是到自由的路，并不限于罗素先生所钦定的：所怕的就是面壁参禅，目不窥路的人们，他们自甘沦落，不肯上路，的确是无法可办。读书是间接地去了解人生，走路是直接地去了解人生，一落言诠，便非真谛，所以我觉得万卷书可以搁开不念，万里路非放步走去不可。

　　了解自然，便是非走路不可。但是我觉得有意的旅行倒不如通常的走路那样能与自然更见亲密。旅行的人们心中只惦着他的目的地，精神是紧张的，实在不宜于裕然地接受自然的美景。并且天下的风光是活的，并不拘泥于一谷一溪，一洞一岩。旅行的人们所看的却多半是这些名闻四海的死景，人人莫名其妙地照例赞美的胜地。旅行的人们也只得依样葫芦一番，做了万古不移的传统的奴隶。这又何苦呢？并且只有自己发现出的美景对着我们才会有贴心的亲切感觉，才会感动了整个心灵，而这些好景却大抵是得之偶然的，绝不能强求。所以有时因公外出，在火车中所瞥见的田舍风光会深印在我们的心坎里，而花了盘川，告了病假去赏玩的名胜倒只是如烟如雾地浮动在记忆的海里。今年的春天同秋天，我都去了一趟杭州，每天不是坐在划子里听着舟子的调度，就是跑山，恭敬地聆着车夫的命令，一本薄薄的指南隐隐地含有无上的威权，等到把所谓胜景一一领略过了，重上火车，我的心好似去了重担。当我再继续过着我通常的机械生活，天天自由地东瞧西看，再也不怕受了舟子，车夫，游侣的责备，再也没有什么应该非看不可的东西,我真快乐得几乎发狂。西泠的景色自然是渐渐消失得无影无迹,可惜消失得太慢,起先还做了我几个噩梦的背境。当我梦到无私的车夫,带我走着崎岖难行的宝石山或者光滑不能驻足的往龙井的石路,不管我怎样求免,总是要迫我去看烟霞洞的烟霞同龙井的龙角。谢谢上帝,西湖已经不再浮现在我的梦中了。而我生平所最赏心的许多美景是从到西乡的公共汽车的玻璃窗得来的。我坐在车里,任它一上一下,一左一右地跳荡,看着老看不完的十八世纪长篇小说,有时闭着书随便望一望外面天气,忽然觉得青翠迎人,遍地散着香花,晴天现出不可描摹的蓝色。我顿然感到春天已到大地,这时我真是神魂飞在九霄云外了。再去细看一下,好景早已过去,剩下的是闸北污秽的街道,明天再走到原地,一切虽然仍旧,总觉得有所不足,与昨天是不同的,于是乎那天的景色永留在我的心里。甜蜜的东西看得太久了也会厌烦,真真的好景都该这样一瞬即逝,永不重来。婚姻制度的最大毛病也就是在于日夕聚首:将一切好处都因为太熟而化成坏处了。此外在热狂的夏天,风雪载途的冬季我也常常出乎意料地获得不可名言的妙境,滋润着我的心田。会心不远,真是陆放翁所谓的"何处楼台无月明"。自己培养有一个易感的心境,那么走路的确是了解自然的捷径。

"行"不单是可以使我们清澈地了解人生同自然,它自身又是带有诗意的,最浪漫不过的。雨雪霏霏,杨柳依依,这些境界只有行人才有福享受的。许多奇情逸事也都是靠着几个人的漫游而产生的。《西游记》,《镜花缘》,《老残游记》,Cervantes 的《吉诃德先生》(*Don Quixote*)①,Swift 的《海外轩渠录》(*Gulliver's Travels*)②,Bunyan③ 的《天路历程》(*Pilgrim's Progress*),Cowper④ 的《痴汉骑马歌》(*John Gilpin*),Dickens⑤ 的 *Pickwick Papers*（《匹克威克外传》),Byron⑥ 的 *Childe Harold's Pilgrimage*（《恰尔德·哈洛尔德游记》),Fielding⑦ 的 *Joseph Andrews*（《约瑟夫·安德鲁斯》),Gogols⑧ 的 *Dead Souls*（《死魂灵》)等不可一世的杰作没有一个不是以"行"为骨子的,所说的全是途中的一切,我觉得文学的浪漫题材在爱情以外,就要数到"行"了。陆放翁是个豪爽不羁的诗人,而他最出色的杰作却是那些纪行的七言。我们随便

---

① Cervantes：萨维德拉，西班牙小说家、剧作家、诗人。《吉诃德先生》（Don Quixote）：即《唐·吉诃德》。——编者注
② Swift：斯威夫特，英国作家，杰出的讽刺文学大师。《海外轩渠录》（*Gulliver's Travels*）：即《格列佛游记》。——编者注
③ Bunyan：班扬，英国作家，著有《天路历程》《窄门》等。——编者注
④ Cowper：柯珀，英国诗人，著有《痴汉骑马歌》《赞美诗》等。——编者注
⑤ Dickens：狄更斯，英国作家，著有《匹克威克外传》《大卫·科波菲尔》《远大前程》《雾都孤儿》《双城记》等。——编者注
⑥ Byron：拜伦，英国浪漫主义诗人，著有《恰尔德·哈罗德游记》《唐璜》等。——编者注
⑦ Fielding：菲尔丁，英国小说家、戏剧家，著有《约瑟夫·安德鲁斯的经历》《弃儿汤姆·琼斯的历史》《阿米莉亚》等。——编者注
⑧ Gogols：果戈理，俄国批判主义作家，著有《死魂灵》《钦差大臣》等。——编者注

抄下两首,来代我们说出"行"的浪漫性罢!

剑南道中遇微雨

衣上征尘杂酒痕,远游无处不销魂。

此身合是诗人未,细雨骑驴入剑门。

南定楼遇急雨

行遍梁州到益州,今年又作度泸游。

江山重复争供眼,风雨纵横乱入楼。

人语朱离逢峒獠,棹歌欸乃下吴舟。

天涯住稳归心懒,登览茫然却欲愁。

因为"行"是这么会勾起含有诗意的情绪的,所以我们从"行"可以得到极愉快的精神快乐,因此"行"是解闷消愁的最好法子,将濒自杀的失恋人常常能够从漫游得到安慰,我们有时心境染了凄迷的色调,散步一下,也可以解去不少的忧愁。Howthorne[1]同Edgar Allan Poe[2]最爱描状一个心里感到空虚的悲哀的人不停地在城里的各条街道上回复地走了又走,以冀对于心灵的饥饿能够暂

---

[1] Howthorne:霍桑,美国浪漫主义小说家,著有《红字》《七角楼房》等。——编者注

[2] Edgar Allan Poe:埃德加·爱伦·坡,美国诗人、小说家,著有《黑猫》《怪异故事集》等。——编者注

时忘却，Dostoivsky[①]的《罪与罚》里面的 Raskolinkov（拉斯柯尔尼科夫）犯了杀人罪之后，也是无目的到处乱走，仿佛走了一下，会减轻了他心中的重压。甚至于有些人对于"行"具有绝大的趣味，把别的趣味一齐压下了，Stevenson[②]的《流浪汉之歌》就表现出这样的一个人物，他在最后一段里说道："财富我不要，希望，爱情，知己的朋友，我也不要；我所要的只是上面的青天同脚下的道路。"

> Wealth I ask not, hope nor love,
> Nor a friend to know me;
> All I ask, the heaven above
> And the road below me.

　　Walt Whitman[③]也是一个歌颂行路的诗人，他的《大路之歌》真是"行"的绝妙赞美诗，我就引他开头的雄浑诗句来做这段的结束罢！

---

① Dostoivsky：陀思妥耶夫斯基，俄国作家，著有《罪与罚》《卡拉马佐夫兄弟》等。——编者注
② Stevenson：斯蒂文森，苏格兰诗人、小说家，著有《金银岛》《化身博士》等。——编者注
③ Walt Whitman：沃尔特·惠特曼，美国诗人，著有《草叶集》《自己之歌》《大路之歌》等。——编者注

Afoot and light-hearted I take to the open road,

Healthy, free, the world before me,

The long brown path before me leading wherever I choose.

　　我们从摇篮到坟墓也不过是一条道路，当我们正寝以前，我们可说是老在途中。途中自然有许多的苦辛，然而四围的风光和同路的旅人都是极有趣的，值得我们跋涉这程路来细细鉴赏。除开这条悠长的道路外，我们并没有别的目的地，走完了这段征程，我们也走出了这个世界，重回到起点的地方了。科学家说我们就归于毁灭了，再也不能重走上这段路途，主张灵魂不灭的人们以为来日方长，这条路我们还能够一再重走了几千万遍。将来的事，谁去管它，也许这条路有一天也归于毁灭。我们还是今天有路今天走罢，最要紧的是不要闭着眼睛，朦朦一生，始终没有看到了世界。

　　　　　　　　　选自《泪与笑》，开明书店 1934 年 6 月

旅人的心

鲁彦

或是因为年幼善忘,或是因为不常见面,我最初几年中对父亲的感情怎样,一点也记不起来了。至于父亲那时对我的爱,却从母亲的话里就可知道。母亲近来显然在深深地记念父亲,又加上年纪老了,所以一见到她的小孙儿吃牛奶,就对我说了又说:

"正是这牌子,有一只老鹰!……你从前奶子不够吃,也吃的这牛奶。你父亲真舍得,不晓得给你吃了多少,有一次竟带了一打来,用木箱子装着。那比现在贵得多了。他的收入又比你现在的少……"

不用说,父亲是从我出世后就深爱着我的。

但是我自己所能记忆的我对于父亲的感情,却是从六七岁起。

父亲向来是出远门的。他每年只回家一次,每次约在家里住一个月,时期多在年底年初。每次回来总带了许多东西:肥皂、蜡烛、洋火、布匹、花生、豆油、粉干……都够一年的吃用。此外还有专门给我的帽子、衣料、玩具、纸笔、书籍……

我平日最欢喜和姊姊吵架,什么事情都不能安静,常常挨了母亲的打,也还不肯屈服。但是父亲一进门,我就完全改变了,安静得仿佛天上的神到了我们家里,我的心里充满了畏惧,但又不像对神似的慑于他的权威,却是在畏惧中间藏着无限的喜悦,而这喜悦中间却又藏着说不出的亲切。我现在不再叫喊,甚至不大说话了;我不再跳跑,甚至连走路的脚步也十分轻了;什么事情我该做的,用不着母亲说,就自己去做好;什么事情我该对姊姊退让的,也全退让了。我简直换了一个人,连自己也觉得:聪明,诚实,和气,勤力。

父亲从来不对我说半句埋怨话,他有着宏亮而温和的音调。他的态度是庄重的。但脸上没有威严却是和气。他每餐都喝一定分量的酒,他的皮肤的血色本来很好,喝了一点酒,脸上就显出一种可亲的红光。他爱讲故事给我听,尤其是喝酒的时候,常常因此把一顿饭延长一二个钟头。他所讲的多是他亲身的阅历,没有一个故事里不含着诚实,忠厚,勇敢,耐劳。他学过拳术,偶然也打拳给我看,但他接着就讲打拳的故事给我听:学会了这一套不可露锋芒,只能在万不得已时用来保护自己。父亲虽然不是医生,但因为祖父是业医的,遗有许多医书,他一生就专门研究医学。他抄了许多方子,配了许多药,赠送人家,常常叫我帮他的忙。因此我们的墙上贴满了方子,衣柜里和抽屉里满是大大小小的药瓶。

一年一度，父亲一回来，我仿佛新生了一样，得到了学好的机会：有事可做，也有学问可求。

然而这时间是短促的。将近一个月，他慢慢开始整理他的行装，一样一样的和母亲商议着别后一年内的计划了。

到了远行的那夜一时前，他先起了床，一面打扎着被包箱夹，一面要母亲去预备早饭，二时后，吃过早饭，就有划船老大在墙外叫喊起来，是父亲离家的时候了。

父亲和平日一样满脸笑容，他确信他这一年的事业将比往年更好。母亲和姊姊虽然眼眶里贮着惜别的眼泪，但为了这是一个吉日，终于勉强地把眼泪忍住了。只有我大声啼哭着，牵着父亲的衣襟，跟到了大门外的埠头上。

父亲把我交给母亲，在灯笼的光中仔细地走下石级，上了船，船就静静地离开了岸。

"进去吧，很快就回来的，好孩子。"父亲从船里伸出头来，说。

船上的灯笼熄了，白茫茫的水面上只显出一个移动着的黑影。几分钟后，它迅速地消失在几步外的桥的后面。一阵关闭船篷声，接着便是渐远渐低的咕呀咕呀的桨声。

"进去吧，还在夜里呀。"过了一会，母亲说着，带了我和姊姊转了身，"很快就回来了，不听见吗？留在家里，谁去赚钱呢？"

其实我并没想到把父亲留在家里，我每次是只想跟父亲一道出门的。

父亲离家老是在夜里，又冷又黑。想起来这旅途很觉可怕。

那样的夜里，岸上是没有行人也没有声音的，倘使有什么发现，那就十分之九是可怕的鬼怪或野兽。尤其是在河里，常常起着风，到处都潜着吃人的水鬼，一路所经过的两岸大部分极其荒凉，这里一个坟墓，那里一个棺材，连白天也少有行人。

但父亲却平静地走了，露着微笑。他不畏惧也不感伤，他常说男子汉要胆大量宽，而男子汉的眼泪和珍珠一样宝贵。

一年一年过去着，我渐渐大了，想和父亲一道出门的念头也跟着深起来，甚至对于夜间的旅行起了好奇和羡慕。到了十四五岁，乡间的生活完全过厌了，倘不是父亲时常寄小说书给我，我说不定会背着母亲私自出门远行的。

十七岁那年的春天，我终于达到了我的志愿。父亲是往江北去，他送我到上海。那时姊姊已出了嫁生了孩子，母亲身边只留着一个五岁的妹妹。她这次终于遏抑不住情感，离别前几天就不时滴下眼泪来，到得那天夜里她伤心的哭了。

但我没有被她的眼泪所感动。我很久以前听到我可以出远门，就在焦急地等待着那日子，那一夜我几乎没有合眼，心里充满了说不出的快乐。我满脸笑容，跟着父亲在暗淡的灯笼光中走出了大门。我没注意母亲站在岸上对我的叮嘱，一进船仓，就像脱离了火坑一样。

"竟有这样硬心肠，我哭着，他笑着！"

这是母亲后来常提起的话，我当时欢喜什么，我不知道。我只觉得心里十分的轻松，对着未来有着模糊的憧憬，仿佛一切都将是快乐的，光明的。

"牛上轭了！"

别人常在我出门前就这样的说，像是讥笑我，像是怜悯我，但我不以为意，我觉得那所谓轭是人所应当负担的，我勇敢地挺了一挺胸部，仿佛乐意地用两肩承受了那负担，而且觉得从此才成为一个"人"了。

夜是美的，黑暗与沉寂的美。从篷隙里望出去，看见一幅黑布蒙在天空上，这里那里镶着亮晶晶的珍珠。两岸上缓慢地往后移动的高大的坟墓仿佛是保护我们的堡垒，平躺着的草扎的和砖盖的棺木就成了我们的埋伏的卫兵。树枝上的鸟巢里不时发出喊喊的拍翅声和细碎的鸟语，像在庆祝着我们的远行。河面一片白茫茫的光微微波动着，船像在柔软轻漾的绸子上滑了过去，船头下低低地响着淙淙的波声，接着是咕呀咕呀的前桨声和有节奏的喊咄喊咄的后桨拨水声，清冽的水的气息，重浊的泥土的气息，和复杂的草木的气息在河面上混合成了一种特殊的亲切的香气。

我们的船弯弯曲曲地前进着，过了一桥又一桥。父亲不时告诉着我，这是什么桥，现在到了什么地方。我静默地坐着，听见前桨暂时停下来，一股寒气和黑影袭进仓里，知道又过了一个桥。

一小时以后，天色渐渐转白了，岸上的景物开始露出明显的轮廓来，船仓里映进了一点亮光，稍稍推开篷，可以望见天边的黑云慢慢地变成了灰白色，浮在薄亮的空中。前面的山峰隐约地走了出来，然后像一层一层地脱下衣衫似的，按次地露出了山腰和山麓。

"东方发白了。"父亲喃喃地念着。

白光像凝定了一会，接着就迅速地揭开了夜幕，到处都明亮起来。现在连岸上的细小的枝叶也清晰了。星光暗淡着，稀疏着，消失着。白云增多了，东边天上的渐渐变成了紫色，红色。天空变成了蓝色。山是青的，这里那里迷漫着乳白色的烟云。

我们的船驶进了山峡里，两边全是繁密的松柏，竹林和一些不知名的常青树。河水渐渐清浅，两边露出石子滩来。前后左右都驶着从各处来的船只。不久船靠了岸，我们完成了第一段的旅程。

当我踏上埠头的时候，我发现太阳已在我的背后。这约莫两小时的行进，仿佛我已经赶过了太阳，心里暗暗地充满了快乐。

完全是个美丽的早晨。东边山头上的天空全红了。紫红的云像是被小孩用毛笔乱涂出的一样，无意地成了巨大的天使的翅膀。山顶上一团浓云的中间露出了一个血红的可爱的紧合着的嘴唇，像在等待着谁去接吻。两边的最高峰上已经涂上了明亮的光辉。平原上这里那里升腾着白色的炊烟，像雾一样。埠头上忙碌着男女旅客，成群地往山坡上走了去。挑夫，轿夫，喝着道，追赶着，跟随着，显得格外的紧张。

就在这热闹中，我跟在父亲的后面走上了山坡，第一次远离故乡，跋涉山水，去探问另一个憧憬着的世界，勇往地肩起了"人"

所应负的担子。我的血在飞腾着,我的心是平静的,平静中满含着欢乐。我坚定地相信我将有一个光明的伟大的未来。

但是暴风雨卷着我的旅程,我愈走愈远离了家乡。没有好的消息给母亲,也没有如母亲所期待的三年后回到家乡。一直过了七八年,我才负着沉重的心,第一次重踏到生长我的土地。那时虽走着出门时的原来路线,但山的两边的两条长的水路已经改驶了汽船,过岭时换了洋车。叮叮叮叮的铃子和呜呜的汽笛声激动着旅人的心。

到了最近,路线完全改变了。山岭已给铲平,离开我们村庄不远的地方,开了一条极长的汽车路。它把我们旅行的时间从夜里二时出发改做了午后二时。然而旅人的心愈加乱了,没有一刻不是强烈地被震动着。父亲出门时是多么的安静,舒缓,快乐,有希望。他有十年二十年的计划,有安定的终身的职业。而我呢?紊乱,匆忙,忧郁,失望,今天管不着明天,没有一种安定的生活。

实际上,父亲一生是劳碌的,他独自荷着家庭的重任,远离家乡,一直到七十岁为止。到了将近去世的几年中,他虽然得到了休息,但还依然克苦地帮着母亲治理杂务。然而他一生是快乐的。尽管天灾烧去了他亲手支起的小屋,尽管我这个做儿子的时时在毁损着他的产业,因而他也难免起了一点忧郁,但他的心一直到临死的时候为止仍是十分平静的。他相信着自己,也相信着他的儿子。

我呢?我连自己也不能相信。我的心没有一刻能够平静。

当父亲死后二年,深秋的一个夜里二时,我出发到同一方向的山边去,船同样地在柔软轻漾的绸子似的水面滑着,黑色的天空同样地镶着珍珠似的明星,但我的心里却充满了烦恼、忧郁、凄凉、悲哀,和第一次跟着父亲出远门时的我仿佛是两个人了。

原来我这一次是去掘开父亲给自己造成的坟墓,把他永久地安葬的。

选自《旅人的心》,文化生活出版社1937年

生　活

李广田

　　一种奇怪工作被分派到我的手上：我忙着计算一月来自杀者在死亡率中所占的比例，并调查这些自杀者的自杀原因与其生活背景。

　　我诅咒我的运气，我为什么被派到这么一份奇怪工作上呢！我很忙，我觉得我的工作不可思议，我想，是不是有一时我也会被列入这么一种奇怪统计呢。我对于生活觉得有说不出的厌恶。

　　一个十分晴朗的日子。

　　在这座大城市中，这种天气是很别致的，天蓝得太深，叫人看了容易发愁，然而也容易使人快乐，这种日子是常有的，然而在我忙人却很少得到这么一个闲日。今天是为了什么个死鬼的纪念，一个假日。

　　我拄了一根沉甸甸的手杖，也不曾戴上我的帽子，我一个人到大街上随意散步。

街道还是那个样子，只在各家商店门口多了大小不等的旗子。来来往往许多人，色色样样，匆匆忙忙，仿佛人们都活得怪有意思。

我慢慢地走到一条街的尽头了，我要向一条狭隘的巷子走去，我知道穿过那条巷子有一片广场。然而糟糕，我走不通了：在那巷口上拥挤了许多人。起初我很生气，我觉得这些人伤了我的兴致，但当我稍稍忍耐之后，我乃完全释然了，而且我变得高兴起来，我想看看这个人疙瘩中间是什么玩意。你想，一个终日闷在办公室里的人是多么喜欢探听这类的事情呢。于是我向里挤，向里挤，好，我居然钻到那疙瘩的中心了：那里是一个水果摊，一个卖水果的，还有一个瞎子，两个家伙正在那里起着争执，周围都是看热闹的闲人。

我不认识那个卖水果的人；那个瞎子我却有些熟悉。

我知道那个瞎子的住处，那是在××街的××巷里。我几乎每天和他两次相遇，那是在每天的早晨和黄昏，而且每次见面的时刻几乎连五分钟也不能差池，每天早晨我要到局里去的时候，我是必须经过××巷口的，于是我们便在那里相遇了，我们从来也不打招呼，因为他绝不会知道有这么一个朋友天天和他伴路。他仿佛永久是那么一个样子：一件不青不灰的大褂儿，那是为污泥和油垢增加了不少厚度与重量的；一双单脸子皂布鞋，借了两条鞋带的力量挂在脚腕上，脚后跟露在鞋外，而且那满是黑皱的脚踵，又是很坦然地从破旧污秽的黑色洋袜中裸露出来的。头上呢，自然是一顶破烂不堪的灰色呢帽，住在这城市中的缙绅先生们虽也爱以戴破礼帽为雅事，而恐没有任何名士的帽子能像这瞎人的别有风致，那真可以算是一顶"开花帽"，为日光与水滴与油腻所染织，帽子上添出五颜六色的花纹。就在那顶开花帽的下边，有一张枯瘦的脸孔，丑陋而又肮脏。他瞎得又与众不同，那是连一对眼珠也已经不存在了的，大概是后天损害的结果吧，那应该开窗子的地方却只是两个黑暗的深坑了。他没有算命锣，只有一面小鼓，他也没有三弦或横笛，却不能不有一条竹马，一手竹马一手鼓，深一脚浅一脚地迈上五步七步便敲一下小鼓，就这样子，他每日在这城市中各处游走。自然地，我们相遇了，我们又各自走上各人的路，我不能等待我的朋友，我于不知不觉间便走到他的前面，我把他落在后边了，我又不知道他的路线是怎么画定的。但每当日落黄昏，我从局里回寓时，我仍可以照例地在××巷口和他相遇，他依然是那个样子，空空的，仿佛毫无所获，又回到××巷里去了。

我说我认识这个瞎人，然而所谓认识的也就只是这些。此外呢，此外我的常识会告诉我：他住的地方一定是一家穷人店，那是一个大杂院，那里每座屋里住下许多人，那些人都是由手到口一天赚来一天空的生活者，他们同乞丐均没有多少分别。那个瞎人当然是一个算命先生，他每天敲了小鼓在这大城市中转弯儿，从这街，到那街，从这巷，到那巷，转了半天弯子后，方碰到一个糊涂虫把他拉去，并把一桩鬼不晓得的事情叫他猜测。结果呢，结果那个糊涂虫乃自有其大澈大悟,而算命先生则得以几文铜钱暂救了半天的活命。如此而已,此外我对于这位瞎朋友便再无所知了。

今天却是奇怪,想不到在这个人疙疸中间发现了我的朋友,他要买一只红果子,而且只买一只。他手里捏一只红果子不肯放松,卖水果人却涨红着脸不依他,想把那只红果子从他手中夺回。那卖水果的向着观众并指着瞎人嚷道:

"你们瞧,你们瞧瞧这个人,他瞎,他又不相信别人的眼睛,我给他挑一只,不好!我再给他挑一只,还是不好!反正我挑出来的都是坏的。真是的,真是的,他把我一摊红果子都捏坏了!"

那瞎人也不住口地讷讷着:

"哪里!哪里!我要好的,我看不见,我非要一只顶好顶好的不行!"

那卖水果的人气愤极了,他两手一摔,表示出无望的样子喊道:

"好了好了,先生,我不要你钱,我送你一只红果子吃。你拿去,你拿去!"

由我旁观者看来——当然,我对于卖水果的人是素不相识,而对于我的瞎朋友也实在没有半点偏袒的意思,——我说那卖水果人想送一只红果子给瞎人吃,是真心,是好意,一只红果子能值几何呢,免麻烦,也免得耽误生意。然而我那位瞎朋友却有一种奇怪性子,他仿佛在感情上受了那句言语的一击,他生气了,他很高傲地回答道：

"这是怎么个话儿，这是怎么个话儿呢！我拿钱买东西，没钱就不吃，既有钱买，就要好的，不许挑拣算怎么回事！"

这时候一圈子看热闹的人都笑了，这阵笑声，显然又给了那瞎人一击，我隐隐还听到圈子外边有人骂道："瞎东西，真该死，这么挑剔！"仿佛还有几个人也随声附和地说一声"该死！该死！"看情形将成为"不欢而散"的局面了，而且那一阵笑声的一击仿佛也传染到我自己的感情上来，这场热闹我看不下去，我不知不觉地靠到那瞎人近前，用手轻轻拍了他一下，并以极和平轻柔的声音向他解释，我说：

"先生，你别气，你别气，我是路人，我不骗你，你手里的一只红果子就是顶好顶好的，通红，滚圆，又没疤又没麻，管保你又香又甜，就请你买了这只吧。"

我这轻柔和平的声音似乎很有效力，而且对于一圈子看热闹的人也生了效力，他们都哑默了，看看这个瞎东西还有什么脾气可闹的。瞎人实在已没有什么脾气可闹，不过他还有点儿固执，他一定还要问我：

"真的吗？这只果子是顶好顶好的吗？"

"真的真的，一点也不骗您。"我连忙回答。

瞎人又重复地把红果子捏了几遍，又举到鼻端嗅了几嗅，然后才在那枯瘦肮脏的脸上作出一个微笑，从衣带间掏出一个铜钱——我想这大概是他仅有的一文钱了，——并说着"这是钱这是钱"，仿佛还在报复着卖水果人的前言似的,把钱递到卖水果人的手里。然后又非常从容地拾起了他的竹马和小鼓,回转身,握一个红果子去了。他一边走着,一边又把红果擎到鼻端,嗅着嗅着,带着微笑远引了。

唉唉,我究竟作出了什么蠢事呢,那个瞎东西走了,却把自己丢在这儿,做了那些看热闹人的视线的中心,他们还以不在意的口吻骂着那个瞎子"该死该死",仿佛我已与那瞎子发生了什么不可分离的关系似的,落得我非常窘迫。我又极其懊悔,我不是趁了一个晴朗日子出来散步的吗?今天不是一个难得的假日吗?我仰面看看头上的天空,天空还是那么怪蓝的。我想走开,然而那个卖水果的人却用一套说不尽的言语把我拉住。当这等时候我也还不能不埋怨我这个人,我仿佛随时随地对于任何人都有一种命定的义务,我方才不是毫不相干地用好言好语打发开那个固执的瞎人吗,我现在却又必须先把这卖水果人的言语听到完结时才能走路。那卖水果人望着我,他简直想用手拉住我,我知道他的意思是向我表示谢意。他以理直气壮的态度,再三再四地还是数说那个瞎子。他说:"您瞧,您瞧。您都亲眼看见的,他是瞎东西,他看不见,他的眼睛,他的心眼儿也是瞎的,他以为别人骗他,他要一只红果子,他挑一只又一只,他给我一连捏坏了好些只,他问:这一只可红吗?这一只很红很好吗?真是的,真是的,瞎着两只眼睛还管它红不红的!真没见这么个固执的家伙,吃一只红果子就是了,又何必那么挑拣涩苦,又是什么酸啦甜啦,圆啦扁啦的,真是的，他不想想他那两只脏爪儿。真固执真固执！……"

卖水果人把这些话说来说去，仿佛永无止息，又加上许多旁观者七嘴八舌，更使得卖水果人有了说话的力气。我再也不能忍耐下去了，我像作出了什么罪过似的，从那些人们的眼光逃走。我诅咒着我的性情，我的神经衰弱症不知还有没有康复的日子，我的散步的心情是一点也没有了，我诅咒这一日！

托某一个死鬼的恩惠有一个假日，结果却对我没有什么好处。次日清晨，我又不得不按照一定时间到局里去继续我那份工作。当我又经过我必须经过的××巷口时，啊呀，真妙，我的那位瞎朋友又在那巷口出现了。我的感情上有一种新变化，一个很自然的微笑露在我的脸上，我简直想过去拉他一把，我想问问他的姓名，并想问问昨天那只红果子可还可口。但我一转念间又觉得这不大得体，于是又默默地走过了。我一边走着，一边思想，我把昨天的一幕完全回想起来，这时候我感觉最清楚的是对于那一圈子看热闹人的一点愤恨，我讨厌他们那种态度，我更讨厌他们骂那个瞎朋友"该死"，同时，对于我这位瞎朋友能这样固执地生活下去的一件事实，隐隐约约又觉得有些可喜。

直到我坐在我的办公桌前时，我依然为这些感情所支配。我打开报告书来看看：昨天一日之内居然又有七次自杀的案件在这个城市中发生了。这些自杀者的自杀原因均相差不多，也与我统计过的那无数自杀者的原因相似：神经衰弱，意志薄弱，因受一点小小委屈，一点疾病或一点贫困，便觉得生活毫无意思，于是只能以自裁方法作为了结。他们为什么也不固执一点儿呢，我这么想。这简直成了一种极可怕的流行病了，这还是一个月头一天呢，其他地方的报告还没有来呢，我不能想象在这一个月之内又将有多少新名字会填到我的统计表来。

选自《银狐集》，文化生活出版社 1936 年

"这也是生活"……

鲁迅

这也是病中的事情。

有一些事,健康者或病人是不觉得的,也许遇不到,也许太微细。到得大病初愈,就会经验到;在我,则疲劳之可怕和休息之舒适,就是两个好例子。我先前往往自负,从来不知道所谓疲劳。书桌面前有一把圆椅,坐着写字或用心的看书,是工作;旁边有一把藤躺椅,靠着谈天或随意的看报,便是休息;觉得两者并无很大的不同,而且往往以此自负。现在才知道是不对的,所以并无大不同者,乃是因为并未疲劳,也就是并未出力工作的缘故。

我有一个亲戚的孩子,高中毕了业,却只好到袜厂里去做学徒,心情已经很不快活的了,而工作又很繁重,几乎一年到头,并无休息。他是好高的,不肯偷懒,支持了一年多。有一天,忽然坐倒了,对他的哥哥道:"我一点力气也没有了。"

他从此就站不起来,送回家里,躺着,不想饮食,不想动弹,不想言语，请了耶稣教堂的医生来看，说是全体什么病也没有，然而全体都疲乏了。也没有什么法子治。自然，连接而来的是静静的死。我也曾经有过两天这样的情形，但原因不同，他是做乏，我是病乏的。我的确什么欲望也没有，似乎一切都和我不相干，所有举动都是多事，我没有想到死，但也没有觉得生；这就是所谓"无欲望状态"，是死亡的第一步。曾有爱我者因此暗中下泪；然而我有转机了，我要喝一点汤水，我有时也看看四近的东西，如墙壁，苍蝇之类，此后才能觉得疲劳，才需要休息。

象心纵意的躺倒，四肢一伸，大声打一个呵欠，又将全体放在适宜的位置上，然而弛懈了一切用力之点，这真是一种大享乐。在我是从来未曾享受过的。我想，强壮的，或者有福的人，恐怕也未曾享受过。

记得前年，也在病后，做了一篇《病后杂谈》，共五节，投给《文学》，但后四节无法发表，印出来只剩了头一节了。虽然文章前面明明有一个"一"字，此后突然而止，并无"二""三"，仔细一想是就会觉得古怪的，但这不能要求于每一位读者，甚而至于不能希望于批评家。于是有人据这一节，下我断语道："鲁迅是赞成生病的。"现在也许暂免这种灾难了，但我还不如先在这里声明一下："我的话到这里还没有完。"

有了转机之后四五天的夜里，我醒来了，喊醒了广平。

"给我喝一点水。并且去开开电灯，给我看来看去的看一下。"

"为什么？……"她的声音有些惊慌，大约是以为我在讲昏话。

"因为我要过活。你懂得么？这也是生活呀。我要看来看去的看一下。"

"哦……"她走起来，给我喝了几口茶，徘徊了一下，又轻轻的躺下了，不去开电灯。

我知道她没有懂得我的话。

街灯的光穿窗而入，屋子里显出微明，我大略一看，熟识的墙壁，壁端的棱线，熟识的书堆，堆边的未订的画集，外面的进行着的夜，无穷的远方，无数的人们，都和我有关。我存在着，我在生活，我将生活下去，我开始觉得自己更切实了，我有动作的欲望——但不久我又坠入了睡眠。

第二天早晨在日光中一看，果然，熟识的墙壁，熟识的书堆……这些，在平时，我也时常看它们的，其实是算作一种休息。但我们一向轻视这等事，纵使也是生活中的一片，却排在喝茶搔痒之下，或者简直不算一回事。我们所注意的是特别的精华，毫不在枝叶。给名人作传的人，也大抵一味铺张其特点，李白怎样做诗，怎样耍颠，拿破仑怎样打仗，怎样不睡觉，却不说他们怎样不耍颠，要睡觉。其实，一生中专门耍颠或不睡觉，是一定活不下去的，人之有时能耍颠和不睡觉，就因为倒是有时不耍颠和也睡觉的缘故。然而人们以为这些平凡的都是生活的渣滓，一看也不看。

于是所见的人或事，就如盲人摸象，摸着了脚，即以为象的样子像柱子。中国古人，常欲得其"全"，就是制妇女用的"乌鸡白凤丸",也将全鸡连毛血都收在丸药里,方法固然可笑,主意却是不错的。

删夷枝叶的人,决定得不到花果。

为了不给我开电灯,我对于广平很不满,见人即加以攻击;到得自己能走动了,就去一翻她所看的刊物,果然,在我卧病期中,全是精华的刊物已经出得不少了,有些东西,后面虽然仍旧是"美容妙法","古木发光",或者"尼姑之秘密",但第一面却总有一点激昂慷慨的文章。作文已经有了"最中心之主题":连义和拳时代和德国统帅瓦德西睡了一些时候的赛金花,也早已封为九天护国娘娘了。

尤可惊服的是先前用《御香缥缈录》,把清朝的宫廷讲得津津有味的《申报》上的《春秋》,也已经时而大有不同,有一天竟在卷端的《点滴》里,教人当吃西瓜时,也该想到我们土地的被割碎,像这西瓜一样。自然,这是无时无地无事而不爱国,无可訾议的。但倘使我一面这样想,一面吃西瓜,我恐怕一定咽不下去,即使用劲咽下,也难免不能消化,在肚子里咕咚的响它好半天。这也未必是因为我病后神经衰弱的缘故。我想,倘若用西瓜作比,讲过国耻讲义,却立刻又会高高兴兴的把这西瓜吃下,成为血肉的营养的人,这人恐怕是有些麻木。对他无论讲什么讲义,都是毫无功效的。

我没有当过义勇军,说不确切。但自己问:战士如吃西瓜,是否大抵有一面吃，一面想的仪式的呢？我想：未必有的。他大概只觉得口渴，要吃，味道好，却并不想到此外任何好听的大道理。吃过西瓜，精神一振，战斗起来就和喉干舌敝时候不同，所以吃西瓜和抗敌的确有关系，但和应该怎样想的上海设定的战略，却是不相干。这样整天哭丧着脸去吃喝，不多久，胃口就倒了，还抗什么敌。

然而人往往喜欢说得稀奇古怪，连一个西瓜也不肯主张平平常常的吃下去。其实，战士的日常生活，是并不全部可歌可泣的，然而又无不和可歌可泣之部相关联，这才是实际上的战士。

选自《且介亭杂文末编》，三闲书屋1937年

图书在版编目（CIP）数据

人间快活事 / 汪曾祺等著. — 成都：天地出版社，2024.8
ISBN 978-7-5455-8355-7

Ⅰ.①人… Ⅱ.①汪… Ⅲ.①散文集－中国－现代 ②散文集－中国－当代 Ⅳ.①I266

中国国家版本馆CIP数据核字（2024）第089870号

RENJIAN KUAIHUO SHI
人间快活事

出品人	陈小雨　杨　政
作　　者	汪曾祺等
责任编辑	柳　媛
责任校对	马志侠
封面设计	V　霄
责任印制	王学锋

出版发行	天地出版社
	（成都市锦江区三色路238号　邮政编码：610023）
	（北京市方庄芳群园3区3号　邮政编码：100078）
网　　址	http://www.tiandiph.com
电子邮箱	tianditg@163.com
经　　销	新华文轩出版传媒股份有限公司

印　　刷	北京文昌阁彩色印刷有限责任公司
版　　次	2024年8月第1版
印　　次	2024年8月第1次印刷
开　　本	880mm×1230mm　1/32
印　　张	8
插　　页	8P
字　　数	170千字
定　　价	49.80元
书　　号	ISBN 978-7-5455-8355-7

版权所有◆违者必究

咨询电话：(028) 86361282（总编室）
购书热线：(010) 67693207（营销中心）

如有印装错误，请与本社联系调换